AF482681

NOTAS DO AUTOR

Eu gostaria de agradecer primeiramente a minha família, mãe, pai, irmão, irmã, primos, tios, avós e a minha garota.

Mas foram tantas pessoas nessa jornada que me incentivaram, me impulsionaram a continuar escrevendo, me apoiaram e me deram forças para continuar, que eu faria outro livro apenas para agradecer a todos, mas tem um amigo em especial que esteve comigo do começo ao fim, obrigado Pablo.

SUMÁRIO

INTRODUÇÃO

Não leia essa introdução!

A história desse livro foi construída de uma forma que te passe todas as informações que você precisa gradativamente, construindo assim a atmosfera necessária para passar os sentimentos que quero passar e causar as sensações que planejei para você. Mas no caso de você insistir e querer ler essa introdução, aí vai!

Neste pequeno suspense psicológico, uma criatura misteriosa começou a sequestrar pessoas dos tipos sanguíneos A, B e AB em todo o mundo, causando pânico, então os líderes das nações começaram a se acusar, o que levou a uma guerra e bombas sendo disparadas para todos os lados, matando muito mais pessoas do que a criatura levaria em anos, já que ela raptava no máximo duas pessoas por dia. No fim das contas o ser humano ainda é o maior monstro na história.

Neste cenário, um homem e uma garota grávida, que passaram por grandes traumas, agora se encontram confinados, e precisarão aprender a lidar com suas diferenças enquanto descobrem o que o isolamento e a crueldade podem fazer com o psicológico de uma pessoa.

O SANGUE

15 de junho de 2022 - 11:38

O sangue quente espirra no rosto de Filipe.

O som de seu disparo ecoa por todo o shopping e ouve-se o bater das asas de pássaros, que se assustam com o barulho. As gotas quentes de sangue que escorriam pelo rosto estático dele rapidamente se esfriam com o choque do vento gelado, que entra pelos buracos onde ficavam as janelas do shopping.

O peso da garota desacordada no ombro dele some por um momento quando ele sente que está catatônico. O shopping voltou ao silêncio, mas a voz da consciência de Filipe nunca esteve tão alta e ela gritava em sua mente: "o que aconteceu?".

O sangue já frio começa a secar em sua barba, e as gotas do lado esquerdo do seu rosto escorrem pela sua cicatriz, que começa acima da sobrancelha e desce contornando o olho por fora, marcando até o buço.

Ele está de boca entreaberta olhando para o corpo daquele rapaz, no chão bem na sua frente, que agora está morto, iluminado sutilmente pelos raios de luz que entram pelos buracos onde deveriam ficar vidros, porém a luz é fraca, por conta da quantidade de nuvens de fumaça no céu, o sol não é visto há semanas e a pouca iluminação destaca uma máscara de gás igual a máscara usada pela garota que Filipe carrega em seu ombro. A garota aparenta ter uns 20 e poucos anos, com cabelos na altura do queixo, despenteados, com mechas roxas e uma máscara de gás verde escuro parecida com a que pintores usam. A garota usa uma capa de bombeiro preta com uma listra amarela refletiva no meio.

Filipe vê o revólver no chão, e nota com sua visão periférica que seu casaco camuflado esta todo manchado de sangue. Ele é alto e forte, aparenta ter uns 40 anos, tem a barba bem cheia, mas tem pequenas entradas em seu cabelo, as marcas da idade não foram generosas com ele.

O choque passa e Filipe se abaixa, pega a arma no chão e põe no cinto da calça, sai do shopping escuro, devastado, assim como tudo que seus olhos tocam nesta cidade tão vazia e silenciosa.

Do lado de fora, a neve se estende por toda a avenida e cobre a entrada de todos os prédios e comércios, deixando exposto apenas o teto dos carros mais altos e a parte de cima de um ônibus. A imensidão branca no chão contrasta com o negro dos prédios que queimaram por semanas após as explosões das bombas.

Filipe pensa: "Uma neblina espessa cobre o horizonte... Ou seria fumaça?".

Ele já se acostumou com o cheiro de queimado que se integra ao meio ambiente de sua cidade e de muitas outras no mundo atual.

Filipe pensou: "aqueles disparos devem ter chamado atenção de qualquer saqueador que esteja pela região, acho bom eu andar rápido!"

"Seria muito mais rápido se eu puxasse essa garota pelo chão, do que se eu continuar carregando no meu ombro!".

Após pensar mais um pouco ele decide entrar em um prédio pelo outro lado da rua, lá ele amarra a ponta de uma cortina na ponta de um lençol encontrados em uma máquina de lavar, passa em volta do busto da garota, por baixo dos braços dela, a posicionando sentada na neve, ainda desacordada, Filipe começa a puxá-la como um trenó. Após algumas quadras de caminhada em linha reta ele vira para a esquerda onde ficava um terreno e caminha por mais uns 100 metros, parando na porta de um abrigo nuclear.

Primeiro ele olha para os dois lados para ver se não foi seguido por ninguém, ao notar que as ruínas do que um dia foi uma sociedade estão vazias ele tira um colar que tem um molho de chaves de dentro da sua blusa, destranca dois cadeados, põe a senha em um terceiro, abrindo o portão. Ele então entra, puxa a garota para dentro e tranca novamente o portão, reposiciona a garota em seu ombro esquerdo e começa a descer as escadas do abrigo, entra no primeiro quarto, onde tem várias roupas masculinas espalhadas pela cama e chão. Ele deposita a garota gentilmente na cama e recolhe todas as roupas que estavam espalhadas pelo quarto, leva até a lavanderia, onde ele se senta no chão, joga

as roupas para frente e começa a pensar sobre o que acabou
de acontecer.

12:16

Garota: - Nick, cadê você?

Ela grita ao acordar assustada.

Filipe ao ouvir, se levanta do chão da lavanderia enquanto
coçava o sangue seco em seu rosto com as unhas, vai em
direção ao quarto onde a garota está, e ela, no susto,
levantou procurando alguma coisa para se defender,
arrancou a gaveta da penteadeira que ficava ao lado da cama
e apontou em direção à porta, quando Filipe entrou.

Garota: - quem é você? Cadê o Nick? Onde é que eu tô?

Filipe: - Calma moça, eu não sei quem é Nick, Eu me chamo
Filipe e trouxe você para o meu abrigo! Vou te contar tudo
que eu sei...

Com as mãos para o alto, ele olha para a gaveta na mão da
garota, que lentamente vai abaixando.

Filipe: - Eu entrei no shopping, e aí ouvi uma barulheira perto
do banheiro, quando eu entrei tinha um cara enforcando
você, tinha um teste de gravidez no chão e dois caras de
costa para porta, um tava falando pro "Caio" parar porque cê
tava grávida, acho que era esse o nome dele, então eu gritei
pra ele parar, quando eles me perceberam, os dois amigos do
tal Caio, que tava te enforcando, vieram me pegar e um deles

tava armado. como o banheiro é pequeno, quando ele ergueu a arma na minha direção eu consegui agarrar o braço dele e desarmar, no desespero, sem entender o que tava acontecendo eu acabei atirando nos dois. então eu apontei a arma pro cara que estava te enforcando e mandei ele te soltar!

Filipe: - ele te soltou e você caiu no chão, do lado de um corpo de um jovem, com roupas iguais às suas e que aparentava ter uns 20 e poucos anos... Ele tinha o cabelo preto com mechas verdes e um buraco de bala no meio da testa!

Filipe: - o cara que tava te enforcando veio pra cima de mim pra me atacar e eu matei ele também. Eu não sabia se tinha mais gente com eles ou se alguém escutou os barulhos de tiro e podia vir conferir, mas eu tive medo de ficar por lá, e também não podia deixar você desmaiada lá, correndo risco de ser sequestrada ou coisa pior, então eu te trouxe para cá até você acordar, pra poder seguir seu caminho, você conhecia algum deles?

Filipe: - Se conhecia, desculpa! Fiz o que achei certo, e o que achei preciso pra me proteger, agi no instinto!

A garota estava com desespero genuíno nos olhos, arregalados, escorrendo lágrimas como uma cachoeira.

Garota: - O Nick... O Nick morreu? Não... Não pode ser... Não... Você tá errado, ele não tá morto, ele não pode, ele me prometeu que ia dar um jeito...

A garota perde a fala para o choro, e após alguns segundos ela seca o rosto com a mão.

Garota: - ele é o pai do meu filho, o rapaz que você viu no chão, era o Nick!

Filipe: - imagino que isso deve ser muito difícil pra você, vou deixar cê em paz, descansa enquanto eu vou preparar uma sopinha, pode ficar a vontade, leva o tempo que precisar... Vou separar umas coisas que tão sobrando caso você queira, você tem pra onde ir ou com quem ficar?

Chorando, ela faz que sim com a cabeça.

Ele sai do quarto fechando a porta, e a garota se deita novamente e põe o travesseiro em seu rosto.

28 de outubro de 2021

A comida no apartamento de Nick durou apenas para o primeiro mês, pois eles não estavam preparados, então Nick decidiu verificar se algum dos vizinhos dele poderia ter comida sobrando para dividir, e percebeu que a grande maioria dos apartamentos do seu andar e do andar de cima estavam vazios. Ele e a garota pensaram que seus vizinhos possivelmente morreram ou estavam nas ruas assaltando, saqueando e sequestrando.

15 de dezembro de 2021

Um clarão muito forte vindo da região norte do país pôde ser visto, e dois depois dias houve outro clarão um pouco mais fraco.

Não haviam dúvidas que era eram bombas na América, as dúvidas eram apenas a respeito de qual país fora bombardeado. Então o pequeno inverno que já estava tomando conta do continente se tornou um inverno rigoroso e sem fim em poucas semanas. A sorte deles é que o apartamento de Nick ficava no terceiro andar do subsolo de um prédio e lá eles estavam seguros contra as ondas de impacto e calor causadas pelas bombas, supondo, no caso, que as bombas caíssem em outra cidade. A neve que se acumulava por cima das entradas dificultava para Nick sair à procura de comida.

15 de junho de 2022 - 12:21

A garota então enxuga as lágrimas e começa a se ajeitar para sair, e só agora, com mais calma prestou atenção no ambiente, nas paredes brancas, a porta feita de algum metal na parede ao lado direito da cama. O quarto tem aproximadamente 3,5 metros quadrados, o tapete era roxo como seu cabelo.

Ela pensou: "que irônica coincidência!".

Um roupeiro de madeira escura, provavelmente carvalho, e com um espelho enorme nas portas ocupava toda a parede da direita. A roupa da cama é azul e ao lado direito da cama, ao lado do travesseiro, tem uma pequena penteadeira também de carvalho escuro.

Na parede de frente da cama tem uma cômoda com uma televisão em cima. O que intriga a garota é a led, que indicaria que a televisão funciona, estava acesa.

Ela se levantou e tocou o interruptor para acender a luz, que acendeu, deixando ela surpresa.

Filipe está roendo as unhas, olhando estático para uma televisão desligada com uma expressão de desespero em seu rosto, seus olhos parecem perfeitamente redondos de tão abertos, porém inexpressivos como os de um boneco de plástico.

Ele sente que uma eternidade se passou quando escuta o abrir da porta do quarto onde ela estava. Ele levanta do sofá e apanha a tigela com sopa para levar, e percebe que a garota está se arrumando para sair.

Agora que a garota saiu do quarto, pôde dar uma bela olhada no abrigo onde estava. Haviam sete cômodos no abrigo, todas as paredes eram brancas, apenas o que se diferenciava era a cor do chão. Os dois quartos eram iguais porém o quarto onde Filipe dormia tinha o tapete verde enquanto o quarto onde ela dormiu tinha o tapete roxo, até a posição dos móveis era igual.

No canto superior esquerdo do abrigo era localizado o depósito, onde encontrava-se todo o estoque de comidas, itens de higiene, limpeza e onde ficava a escada para o andar de cima, sendo o quarto do estoque o maior cômodo do abrigo.

Logo no canto esquerdo de baixo ficava a lavanderia que era
pouco menor que os quartos e tinha o chão coberto por
azulejos que também eram brancos.

Ao lado da lavanderia era o quarto onde ela dormiu e ao lado
do quarto, o banheiro, que era do mesmo tamanho da
lavanderia.

Ao lado do banheiro ficava a sala de estar no canto inferior
direito.

No canto superior direito era a cozinha que era dividida com a
sala por uma meia parede, e nessa cozinha ficava a mesa de
jantar, um armário com as louças, a pia, o fogão e a lixeira. O
chão da cozinha era um azulejo xadrez preto e branco.

Havia um sofá vermelho alaranjado no centro da sala, uma
mesinha de frente com sofá, e de frente com a mesinha um
hack com um DVD, um videogame, filmes, alguns jogos de
tabuleiro, duas caixas de som e uma televisão. O chão da
sala era coberto por um enorme tapete azul claro e um
pequeno tapete vermelho redondo que ficava atrás do sofá
de frente com a porta da cozinha e a porta que dava para um
corredor. Este corredor passava no meio do abrigo entre a
parte superior e a inferior, e ele era coberto por uma
passadeira de plástico que simula madeira escura.

Filipe: - moça, a senhora tem para onde ir?

Garota: - eu me chamo Carol, sim, eu tenho para onde ir!

Carol: - Vou ficar bem, conheço um PP... Não se preocupe,
obrigada por tudo!

Filipe: - então tudo bem, Carol!

Carol: - você vai ficar bem sozinho, Filipe?

Filipe: - não se preocupa, eu sou PP e tenho comida suficiente aqui pra não precisar sair de casa tão cedo... Inclusive tá aqui, uma bolsa que preparei com uns mantimentos pra você, relaxa que é só coisa que não vai fazer falta...

Carol: - muito obrigado, mas não posso aceitar...

Ela sentiu medo de aceitar as coisas do estranho.

Filipe pensa: "se eu fosse te envenenar, já teria feito!"

Carol: - Bem, eu tô muito longe do Shopping?

Filipe: - relaxa, tamo só a três quadras seguindo pro norte da rua da entrada principal do shopping, é só seguir reto para esquerda, não tem erro, cê vai chegar de frente com o shopping!

Carol: - Então tudo bem! Obrigada de novo, por tudo!

Ele começa a caminhar em direção a escada para mostrar a ela como sair, No andar de cima Carol vê um reservatório de água, um gerador de energia, o gerador de energia reserva, um estoque de EPI's e ferramentas, o incinerador de lixo, a passagem do filtro de ar e a descarga onde joga-se as cinzas do lixo incinerado. Filipe abre os cadeados, ela sai, e ele tranca de volta.

Carol suspira aliviada do lado de fora, e começa a caminhar para o caminho de sua casa. Ela estava decidida a passar pelo shopping para ver o corpo de Nick, mas sente medo.

Carol pensa: "é... se aquele Caio era de um grupo maior provavelmente eles estão me procurando por lá, e procurando o cara que matou os amigos deles.

Ou nem vão saber quem eu sou, mas se forem como o Caio e tentarem me sequestrar, escravizar, torturar, seja lá o que for... Melhor evitar aquele lugar!".

Carol meio que deduzindo a distância por onde estava, já que fica difícil ter certeza com toda a neve, e todos os pontos de referência carbonizados, decide fazer uma rota alternativa dando a volta, alguns quarteirões de distância do shopping até o apartamento de Nick. Ela caminha sempre olhando para trás, com medo de Filipe tê-la perseguido.

13:38

Carol chega a casa, e desce as escadas quase deixando escapar o choro que ela segurou o caminho todo, por medo de que qualquer som que ela faça pelas ruas vazias possa atrair atenção indesejada, porém no meio das escadas ela explode em tristeza.

Chorando, Carol pensa: "o que vai ser de mim sem o Nick?

Como vou sobreviver?

Como eu vou manter essa criança viva?

O que o Nick diria se me visse agora?"

Então vem a voz de Nick na mente dela:

"Força meu amor, cê tem que procurar mantimentos pra quando ficar impossibilitada de sair do apartamento, pra que tenha um estoque de comida em casa!".

22 de junho de 2022 - 15:35

Carol passou os últimos dias revirando todos os prédios da região em busca de qualquer comida, medicamento e coisas que ela pudesse guardar para si, para quando estiver muito debilitada pela gravidez mas também para o período após o parto, sabendo que não poderá sair de casa com o bebê por um tempo, porém ela não encontra quase nada.

Carol pensa: "droga! Pelo menos hoje é quarta-feira, eu vou ver se consigo trocar essas peças e ferramentas que encontrei com o Marcos por alguma comida de bebê ou medicamentos!".

30 de março de 2022 - 15:55

Carol e Nick estavam saindo do lugar uma vez foi uma loja de conveniência, agora devastada, onde procuravam por mantimentos, quando avistaram passando por cima da neve que cobria a rua, com um carrinho de supermercado coberto por um pano, um homem alto bem agasalhado, com uma touca que quase cobria seu rosto todo, ele tinha olhos enormes, esbugalhados e um sorriso contagiante, embora faltassem muitos dentes em sua boca e os que restaram estavam completamente amarelos.

Homem misterioso: - me diga o que tem a oferecer e eu digo o quanto pago!

Homem misterioso: - diga o que precisa comprar e eu te digo o meu preço!

Nick: - me perdoa amigão, mas eu não tenho dinheiro!

Nick o olhava desconfiado.

Homem misterioso: - certo, mas de que iria me valer seu dinheiro, "amigão"? Não não, eu troco coisas! Comida por remédio, água por agasalhos, armas por munição, entre outras coisas... Me chamo Marcos, a propósito, meus amigos me chamam de Marcos o mercado ambulante!

Marcos: - E vocês meus novos clientes, como se chamam?

Nick: - eu sou o Nick e ela é a Carol! Marcos, precisamos de combustível! O que quer em troca?

Marcos: - o que eu quero? Marcos precisa de remédios e drogas em geral! Olha não levem Marcos a mal, não sou um viciadinho mequetrefe, mas Marcos tem dores fortes, e só drogas bem fortes podem ajudar o Marcos! Qualquer tipo de comprimido, o que acharem vai servir! E considerem uma promoção de boas vindas!

Carol cochichou no ouvido de Nick: - Marcos tá falando em terceira pessoa?

Nick segurou o riso.

Nick: - certo Marcos! Vou ver o que posso fazer!

Marcos: - encontrem Marcos aqui na semana que vem, no mesmo dia e no mesmo horário! Boa sorte!

30 de março de 2022 - 15:55

Todos os tipos de comprimidos que o casal encontrou durante a semana foram colocados em um zip Lock. Eles encontraram vários recipientes com restos de drogas e juntaram todos dando em quatro saquinhos ao todo. Acharam também duas cartelas de comprimidos, uma cartela com total de oito comprimidos e outra cartela com nove. Também encontraram um potinho com 19 comprimidos e um saquinho zip Lock com cinco.

Agora Carol e Nick aguardam ansiosos no local marcado, quando avistam vindo pelo meio da avenida coberta de neve, Marcos falando em um telefone ou Walkie-Talkie.

Marcos: - Olá, novos clientes! Trouxeram o combinado?

Logo depois ele pega o walkie-talkie e sussurra.

Nick: - bem...

Marcos interrompe: - Olha, eu trouxe alguns amigos, apenas para o caso de ser um golpe de vocês ou alguma armadilha sabe, Marcos é prevenido! Por isso pode sair um pouquinho mais caro do que eu ia cobrar na promoção que eu tinha falado... Aquela tal promoção de boas vindas... Mas é que Marcos tem que pagar os amigos, ninguém é protegido de graça, nem mesmo Marcos! E saiu mais caro pela oferta e demanda, tá mais difícil achar gente com esses comunicados das "Comons" e Tal...

Nick: - "Comons"?

Marcos: - Marcos falou demais! Informação também tem preço Nick!

Nick: - certo! O que podemos fazer com isso?

Nick entrega a mercadoria nas mãos de Marcos.

Marcos: - Nossa! Marcos se anima! Dá pra pagar os rapazes e sobra um pouquinho para mim... Vocês deram uma baita sorte mesmo! Olha, Marcos pode te dar esse galão de 10 litros, sei que é pouco pelo tanto que trouxeram, Mas vocês podem escolher... Vocês preferem marcar no caderninho das contas e Marcos traz semana que vem mais gasolina pra vocês, ou vocês preferem pegar o valor que tá sobrando em algumas outras mercadorias?

Ele puxa a coberta de cima do carrinho mostrando uma grande variedade de coisas.

Nick fala para Carol: - melhor a gente ver o que ele tem antes de tomar uma decisão.

Nick: - a gente quer ver o que tem, e se for interessante a gente pega!

Ele pega um revólver de tambor dourado no carrinho e fica admirando.

Marcos: - olha, Marcos pode te dar a arma e anotar o que falta para você pagar depois, porque os comprimidos que trouxeram não compram 10 litros de gasolina e a arma! - disse Marcos.

Nick: - E quanto custa a arma?

Marcos: - Olha, Marcos não põe um preço nas coisas, Marcos só avalia o quanto ele precisa no momento, o quanto ele tem sobrando, a oferta demanda e o quanto Marcos gosta de você, e aí Marcos diz o que quer em troca!

Carol sussurra para Nick: - olha Nick, a gente precisa mais de comida do que de arma, e a arma tá cara mesmo...

Nick: - Mas amor, é melhor ter uma arma sem precisar do que precisar de uma arma e não ter nenhuma!

Carol: - mas não vimos ninguém além do Marcos desde o começo, apenas ouvimos alguns vizinhos dentro dos apartamentos, mas nenhum risco, nem mesmo um animal que a gente pudesse caçar. Pega os enlatados, por favor!

Nick olha com cara de bravo para Carol por alguns segundos, que rebate com um olhar triste e apelativo. Não demora, e

Nick abre um sorriso no canto da boca acenando negativamente com a cabeça, era como se desse para ler em seu rosto: "eu não consigo te dizer não".

Carol abre um sorriso enorme, de orelha a orelha.

Carol: - vamos querer três sopas enlatadas, Marcos!

Marcos: - nossa! Ela fala! Eu tava achando até agora que era um fantoche do Nick!

Carol: - Mas eu sou um fantoche, Isso é só para você ver como a droga é boa!

Ela pega as latas na mão estendida do Marcos e vai pondo na bolsa do Nick.

Nick e Carol ficaram parados ali enquanto Marcos ia se afastando aos poucos.

Marcos: - até a próxima queridos clientes!

Enquanto empurrava seu carrinho de supermercado, o qual as rodas se arrastavam, pois estavam afundadas na neve.

Carol: - o que cê tá fazendo Nick?

Nick: - eu tô olhando para ver se eu consigo ver esses amigos do Marcos! E se alguém nos seguir para nos assaltar no caminho?

Ele olhava para todas as janelas e telhados, mas não conseguia ver nada se mover, nem mesmo uma sacola balançando ao vento, nem mesmo um ruído de alguém que pisou em algo, tudo completamente silencioso. O único som que ecoava no horizonte era do carrinho do Marcos sendo arrastado.

Carol: - Talvez nem tivesse ninguém, Talvez ele tava falando com o Walkie-talkie só pra assustar, pra a gente não tentar nada...

Carol: - talvez até ele seja louco e acha que tem alguém, e na verdade tava alucinando tudo! O cara fala em terceira pessoa, ele com certeza têm algum problema da cabeça!

22 de junho de 2022 - 15:55

Carol se lembrava com um sorriso em seu rosto, então vem em sua mente o rosto de Nick, e ela imagina como ele estaria, com um buraco de bala, apodrecendo no shopping, e fica horrorizada.

Sua expressão muda para pânico.

Marcos chega sem que ela percebesse:

Marcos: - E aí Carol, pera aí Que cara é essa?

Marcos: - Cadê o Nick? Não fala... Não...

Ela abaixou o rosto e seu semblante mudou para uma cara de choro. O grande sorriso podre e contagiante de Marcos se fecha e a sua voz, que costumava ser projetada por toda a rua e equalizar nos prédios vazios, assume agora um aspecto cauteloso e triste:

Marcos: - garota, eu...

Marcos: - que droga! Tem algo que eu possa fazer por você?

Carol põe a bolsa no chão.

Carol: - Tem alguma coisa que você possa me arrumar em troca dessas ferramentas? Papinha, fórmula, fraldas, chupetas, mamadeiras ou algum livro sobre parto caseiro?

O semblante triste de Marcos então muda instantaneamente para uma cara de espanto e susto:

Marcos: - não! Nem fudendo! Não acredito que você tá grávida! Você perdeu ele e tá grávida?

Então uma lágrima escorre do olho dela.

Marcos: - desculpa, isso foi insensível da minha parte... Cê já deve tá sofrendo demais pro Marcos ficar falando e... Te lembrando de tudo isso... Olha, pega o que você quiser no meu carrinho, pega tudo que precisar de medicamento pra você e pro bebê!

Marcos: - Você vai ter que fazer um parto sozinha? Se eu pudesse fazer alguma coisa pra ajudar...

Ela começa a mexer no carrinho e encher sua bolsa.

Carol: - muito obrigada Marcos, você tá me ajudando muito nesse momento!

Ela tem a voz trêmula de quem está escondendo o choro.

Marcos: - tem mais uma coisa que eu posso fazer Carol...

Marcos: - eu ia tentar vender essa informação, mas eu não quero que você morra, vocês eram amigos do Marcos... Você é amiga do Marcos! Não são todos os clientes de Marcos que são tão simpáticos, e, olha, eu tenho acesso a uma televisão que ainda funciona e eu vi que o RUC tá por aí! Houveram alguns relatos no norte do país e ele está vindo nessa direção! Então você precisa ficar com algum PP urgente! Isso é tudo que eu posso fazer por você...

Carol: - Muito obrigada Marcos, eu vou dar um jeito! e se eu não aparecer por aqui...

Marcos interrompe: - nem fala isso!

Marcos: - olha eu não queria falar para vocês, e nem era pra vender informação, mas as tais "Comons" que eu mencionei... bem elas são comunidades feitas pelo que sobrou do governo, e tem uma bem ao norte do estado. Vai levar uns três ou quatro dias de caminhada se você tentar ir a pé... Eu não queria falar por medo de perder vocês, muitos amigos de Marcos foram para lá!

Ela pegou no carrinho de Marcos alguns potes de papinha para bebê, latas de comida, de fórmula de leite, então fechou sua bolsa, virou de costas e começou a andar devagar para direção da sua casa. Marcos então largou o carrinho, pôs a mão no ombro de Carol, e ela o abraçou.

Marcos: - Marcos tá torcendo por você, Carol! Vai dar tudo certo!

Marcos: - sabe Carol, Marcos troca as coisas mais por prazer, Marcos conhece muita gente assim, e Marcos gosta das pessoas! Acabo conversando com bastante gente pros padrões atuais né, Marcos tá sempre cheio de coisa, sempre tenho mais do que vou precisar... Eu não faço isso por ganância não. Sempre que dá, Marcos abaixa os preços! Eu faço isso porque eu sou muito solitário, e passei muito tempo sozinho, daí Marcos precisava de amigos, e os melhores amigos que eu acabei fazendo foram você e o Nick!

Carol enxuga as lágrimas e abre um sorriso no canto da boca.

Carol: - Marcos, espero ver você de novo!

Marcos: - Bem, depois que a criança tiver grande, vocês podem passar por aqui, visitar o Marcos, inclusive, eu ia ficar muito feliz se esse bebê for menino e você... Sei lá... Por falta de ideias, quem sabe, decidir chamar ele de Marcos.

Ela sorri.

Carol: - não, o Nick disse uma vez, quando conversávamos, antes de tudo sabe, que se fosse ter um filho menino, ia querer que se chamasse Christian, e eu vou fazer o desejo dele!

Marcos: - é eu tentei... Adeus Carol!

Ele volta lentamente ao seu carrinho e empurra até o fim da rua.

Ela respira fundo e volta para o seu apartamento refletindo.

Carol pensa: "Bem, eu posso voltar pro abrigo nuclear daquele tal de Filipe... ele não tentou me seguir e, nem tentou nada de errado, Até onde eu sei ele matou as pessoas que mataram o Nick, e ele é PP, essa é a minha melhor chance, não posso arriscar três dias sozinha caminhando até essa tal Comons... não sem um PP... talvez se eu convencer ele a ir comigo ou me levar..."

Ela começa a preparar sua bolsa para sair, pega todos os mantimentos que encontra e junta em algumas malas com roupas para ela e roupas que conseguiu no apartamento ao lado para o bebê. Carol se prepara para sair, quando decide pegar algumas coisas do Nick e encontra o celular dele na gaveta de suas roupas. Ela abre a galeria, e começa a ver todas as fotos e vídeos dele até que ela encontra um vídeo intrigante em específico.

Nick no vídeo: "Carol, eu sei que nem temos certeza ainda se você tá grávida, mas eu tive uns pesadelos estranhos e... se aconteceu alguma coisa e eu não consegui ver o nosso bebê crescer, eu quero que você mostre esse vídeo pra ele, pra que ele saiba como era o papai... ei você aí, o papai te amava antes mesmo de você nascer, e seja lá onde eu tiver, pode ter certeza que eu tô olhando pra você agora e tô muito orgulhoso! A não ser que você tenha feito algo muito ruim... não mate as pessoas isso é coisa de babaca!"

Ela mais uma vez abre um sorriso e as lágrimas descem por seus olhos involuntariamente. Ela guarda o celular em seu bolso por baixo da capa antes de sair.

Carol pensa: "droga, deveria ter dado esse gerador pro Marcos, eu não vou conseguir levar ele até a comunidade e não acho que ele vai ser necessário lá... e eu sei que o Filipe tinha energia no abrigo dele, então provavelmente ele tem um gerador... por via das dúvidas vou guardar no elevador."

16:26

Filipe estava limpando as escadas quando ouviu batidas em seu portão, ele rapidamente sacou o revolver e começou a subir.

Carol: - Filipe, sou eu, me deixa entrar por favor! Eu não tenho mais para onde ir!

Ele então tem uma lembrança ao ouvir isso, de muito tempo atrás.

Filipe pensa: "Júlio..."

Ele fecha os olhos e balança a cabeça rapidamente como quem desperta de um transe, guarda o revólver na cinta por baixo da camisa, pega a pistola e vai em direção à saída, novamente levanta a arma e aponta para a porta.

Filipe: - se for uma armadilha eu vou atirar em qualquer um que tiver aí fora com você!

Ele abre o portão e ela está com as mãos para o alto.

Carol: - relaxa! Fica calmo, eu tô sozinha e menti, não tem nenhum PP com quem eu possa ficar! Eu soube que o RUC tá no Brasil, tá vindo para esse lado, e não posso arriscar a vida do meu bebê... Posso ficar aqui um tempo, por favor? Pelo menos até saber que o RUC foi pra outro lugar, pra que eu consiga ir pra uma comunidade que eu ouvi falar no norte da cidade...

Ele passa para fora e pega as malas de Carol ajudando a levar para dentro.

Filipe: - Claro! Vou pôr as coisas naquele quarto onde você ficou na semana passada...

Carol: - muito obrigada! Eu não te conheço, mas o pouco que eu conheci de você me fez sentir que cê é uma pessoa boa!

Ele então abre um sorriso de canto de boca e ergue ombros.

Filipe: - é eu tento ser!

Carol: - muito obrigada por tudo Filipe, e eu vou fazer por merecer, lavar a louça, fazer comida e...

Filipe interrompe: - relaxa, a gente vai alternar tudo! Você não tem que me pagar nada! Eu que te trouxe aqui na primeira vez! Eu não tô te fazendo um favor, eu tô seguindo que meu coração manda!

Filipe: - Inclusive, falando em comida vou preparar um jantar para a gente... Se acomoda aí e põe suas roupas no guarda-roupa... Sinta-se à vontade!

19:14

Eles estão sentados na mesa de jantar conversando.

Carol: - Então, você sabe quanto tempo tenho que esperar até o RUC ir pra fora do país?

Filipe: - O que você viu sobre o RUC até agora? Porque eu sei pouco sobre ele!

Filipe: - um amigo meu disse ter visto uma notícia de que tinham alguns desenhos de testemunhas e retratos falados na TV sobre aparência dele... E ouviu também uma investigação do governo para tentar descobrir se o RUC é um alienígena ou se foi feito aqui na terra mesmo...

Carol: - bem, quando tudo começou eu vi algumas notícias na internet dizendo que ele vinha do céu, enfiava a mão dentro das casas, pegava as pessoas com tipo sanguíneo A, B ou AB, que eles chamaram na tv de PV, e que se estivesse perto de uma pessoa com o tipo sanguíneo O, que chamaram de PP, estaria a salvo... Também vi muita gente na internet dizendo, tipo, em todas as redes sociais, que acreditavam que era alguma coisa de religião, sabe?

Carol: - E que podia ser um demônio pegando as pessoas, punindo todos os pecadores, e que isso do tipo sanguíneo era uma coincidência, até que saiu o comunicado oficial do governo, passando nos principais canais da TV diferenciando "PV", sigla pra vítima em potencial e "PP", sigla pra protetor em potencial. Também tava falando que os PV's tinham que ficar com algum PP pra ficarem protegidos, que PV's não são atacados quando tão acompanhados de um PP... E foi depois dessa merda que a internet caiu de vez! Depois da queda da internet foi um mês pra cair a energia também, E aí a gente não tinha acesso a mais nenhuma notícia... Eu não vi mais nada depois disso.

Filipe: - meu amigo tinha falado que o RUC tem uns quatro metros de altura, é todo cinza, a prova de balas, muito forte, mas ele não viu nenhum relato do RUC ter matado alguém ou machucado alguém, ele sempre pega as pessoas e pula...

Carol interrompe: - Como assim pula? Ele não voa?

Filipe: - Então, até onde eu vi era como se fosse um pulo... E você acha mesmo que alguma coisa de religião ou que é um alienígena?

Carol: - Olha sinceramente eu acho que foi merda do governo mesmo... Igual a China tava acusando os Estados Unidos de ter criado ele como uma arma biológica!

Carol: - eu acho que foi uma criação que deu errado e escapou, e seja lá quem fez, não conseguiram controlar!

Carol: - Você não acredita que seja um demônio né?

Filipe: - não, eu não acredito, mas eu não duvido também... Do jeito que a coisa tá, realmente parece um apocalipse!

Carol: - Pois é! Eu vivia falando isso...

Filipe então organiza um planejamento para revezar as tarefas com a Carol.

A DESCIDA

26 de Junho de 2022 – 08:05

Filipe acordou, mas não saiu de sua cama, nem mesmo se levantou para acender a luz, na verdade, ficou em silêncio e percebeu que o som que ele escutava era da televisão e do rádio chiando, então Filipe levantou, disfarçou a decepção em seu rosto, engoliu seco, abriu um sorriso falso, saiu de seu quarto e caminhou até a sala.

Filipe: - Bom dia Carol, cê acordou cedo... Tá tentando sintonizar ainda? Pera, você dormiu?

Carol: - eu fui dormir um pouco tarde e acordei um pouco cedo, mas eu não tô com sono e eu acho que eu consegui sintonizar a ponto de ouvir umas palavras, isso não me deixou dormir... Eu acho que eu tô perto de conseguir alguma coisa!

Filipe: - Ah, tá bom! Carol, é... Você pôs a roupa para lavar?

Carol: - putz! Sabia que eu tava esquecendo alguma coisa... Não esquenta Filipe, mais tarde eu vou por...

Filipe: - Não, tudo bem! A roupa tá na lavanderia? Que se tiver eu mesmo ponho...

Carol: - não, a sua tá no cesto de roupa suja, mas a minha falta eu recolher... Eu já vou recolher, não se preocupa, não precisa por não...

Filipe: - de boa! Eu só fico com medo de acumular muito e ficar ruim depois... Acho que é o tédio sabe, não tem muito o que fazer aqui... Eu acabei com essa mania chata de limpeza... Então eu vou fazer um café para gente, tudo bem?

Carol: - eu sei que hoje é meu dia de fazer café, mas eu achei que você ainda ia demorar pra acordar... Eu já vou fazer, espera só mais cinco minutinhos que eu acho que eu tô quase conseguindo...

Filipe: - Relaxa Carol! Eu faço, tem problema não!

Carol: - ah valeu Filipe, pode deixar o almoço comigo hoje!

Ele caminha para a cozinha, enche um bule com água e põe no fogão elétrico, quando o rádio começa a sintonizar e entre chiados eles ouvem:

"...tade do Salvador ma... chhh ...íneo você é um perdi... chhh ...egue e seremos generosos, daremos um... chhh ...olor aos perdidos que não se entregarem, faremos você sofrer pela glória do Salvador maior! estamos sempre vigiando nos hospitais... Olá perdidos! Olá salvadores!" e neste momento tudo foi desligado, uma luz muito forte passou por baixo da porta que dava na escada que levava até a saída do abrigo, e um segundo depois ou até menos, um estrondo muito alto tomou conta do ambiente, embalando em um tremor comparável a uma dança acompanhando uma música, porém involuntária.

Filipe que segurava o bule de café, caiu para trás com o bule, e a água fervente caiu em seu pescoço e tórax, causando queimaduras de terceiro grau.

Já Carol, que estava paralisada de boca aberta, caiu sentada com o rádio na mão, que se despedaçou no chão.

Carol grita: - DROGA!

Ele começou a gritar de dor, ela se levanta e corre para ajudá-lo.

27 de Junho de 2022 – 12:44

Filipe está deitado em sua cama, com o pescoço enfaixado, um livro de primeiros socorros aberto, atirado ao lado da cama, e um livro "guia para sobreviver em uma guerra nuclear" nas mãos de Filipe: - Olha só! Isso diz muita coisa!

Filipe: - diz aqui pra quando a gente for sair se preparar com agasalhos, pois as bombas podem causar um "inverno nuclear" no caso de muitas explosões...

Carol: - inverno nuclear?

Filipe: - é, tá dizendo aqui que inverno nuclear é quando as fumaças de várias bombas nucleares tampam o céu e impedem a luz do sol de entrar, o que faz a temperatura da terra abaixar muito...

Carol: - é, isso já quebra um pouco daquela teoria de ser uma praga bíblica para tá nevando no Brasil... É tudo científico então?

Filipe: - é... Pelo livro era uma teoria científica né, até porque eles não detonaram nenhum planeta com bomba pra fazer o experimento e ter a prova...

Ele vira mais algumas páginas e aponta um trecho com o dedo.

Filipe: - achei, você vai ter que esperar pelo menos uns quatro meses para sair com essa barriga por aí!

Filipe: - isso se não cair mais nenhuma bomba até lá!

Carol: - Que merda! Como essa merda desse governo consegue pensar em guerrinha enquanto tem a porra de um monstro gigantesco destruindo tudo e levando pessoas pro céu?

Filipe: - se você quiser que ele nasça e viva com saúde, sabe, sem radiação...

Carol: - Não, não é pressa, eu pretendia sair pra fazer um funeral digno pro Nick! Eu ia esperar a poeira baixar pra procurar o corpo dele lá no shopping...

Ela então começa a chorar e ele põe a mão no ombro dela.

Filipe: - Eu lamento!

Carol: - eu até pus uma roupa bonita dele na mochila, eu ia tentar enterrar com ele! Ele mais do que qualquer um merecia um funeral, foi o homem mais carinhoso que eu já conheci na minha vida!

Filipe: - Se isso for fazer você se sentir melhor, a gente pode fazer uma "cerimôniazinha" para cremar as roupas dele!

Ela respira fundo parando de chorar.

Carol pensa: "Será que o Marcos sobreviveu?".

18:00

Carol e Filipe estão sentados no sofá, o fogão está em cima da mesa de centro com a porta do forno aberta, ligado na tomada da TV.

No meio do sofá, entre Carol e Filipe, estão as roupas mais elegantes que Nick tinha, ela está suspirando após chorar enquanto mexe no celular.

Carol: - olha Filipe, aqui!

Carol: - é eu e ele... Pode ir passando pro lado que eu separei as melhores lembranças que tenho com ele e o vídeo que ele deixou pra gente... Pra mim e pro bebê!

Carol: - Parece que já sabia que ia acontecer alguma coisa... Estranho que ele não era supersticioso, não acreditava em mau presságio e esse tipo de coisa...

Filipe: - eu acho que ter um filho muda a cabeça da gente!

Então ele assistiu aos vídeos, sempre muito alegres, dando risada e brincando, e aquilo tocou no fundo do coração de Filipe.

Carol: - ele era um cara muito engraçado e bem humorado! A gente se divertia muito junto... Às vezes quando a gente não tinha nada para fazer, e eu tava só deitada na cama entediada, ele escrevia cartinhas pra mim e passava por baixo da porta como se fosse um admirador secreto, como se tivesse muita gente lá eu não soubesse quem é ele! Ele era simplesmente incrível!

Carol volta a chorar.

Filipe: - Olha, eu não cheguei a conhecer ele muito bem, mas pelo pouco que eu vi aqui nos vídeos, e ouvi você dizer, eu tenho certeza que ele tá num lugar melhor agora! Olhando pra você, cuidando de você e do bebê...

Carol: - Cê acredita mesmo nisso?

Carol: - Em vida após a morte?

Carol: - Que existe algum lugar bom e que ele vai tá lá?

Filipe: - eu torço pra que exista!

Ela passa um tempo em silêncio, pega as roupas de Nick na mão, aperta com muita força, mas não tem força suficiente para pôr no forno.

Carol: - acho que eu não consigo Filipe! Não sem ele, eu não consigo sem ele!

Filipe: - do que cê tá falando?

Filipe: -Você com certeza vai conseguir! Aqui dentro nada vai fazer mal pro bebê, a gente tem bastante comida, cê fica aqui até conseguir ir pra comunidade... Quando for seguro pra você sair, cê vai chegar naquela comunidade e lá vai ter segurança pra criar essa criança do jeito que o Nick faria!

Carol então põe a roupa no forno, fecha a porta, gira o registro, posiciona o dedo em cima do botão, respira fundo e acende o forno.

Filipe então pensa: "Vai demorar um mês para tirar o cheiro de queimado daqui, que droga!".

Carol: - Olha, eu vou precisar de um tempo sozinha... Amanhã a gente conversa, tá?

Ela levanta, vai até o quarto e fecha a porta.

Ele pensa: "é pode deixar, eu arrumo tudo sim!" e começa desligando o forno.

30 de Junho de 2022 – 08:32

Filipe acorda com Carol batendo na porta do seu quarto:

Carol: - Filipe, cê tá acordado?

Filipe: - é agora tô né...

Carol: - Você escutou antes da bomba, que eu tinha
conseguido sintonizar o rádio em alguma estação?

Filipe: - Sim, sim, eu escutei umas palavras entre o chiado...

Carol: - Cê consegue lembrar? Eu esqueci um pouco e eu tô
anotando para tentar entender o que queria dizer antes que
eu esqueça mais coisa... Mas como tava bastante chiado eu
posso ter entendido alguma coisa errada e ia me ajudar muito
se você me dissesse o que você escutou e o que cê lembra
pra eu poder anotar aqui!

Filipe: - claro eu só vou tomar um café primeiro (boceja) e eu
já sento para te ajudar, talvez com outro ponto de vista fique
mais fácil de entender o que eles estavam falando...

Ele ouve Carol correndo para cozinha, abre um sorriso de
canto da boca e abre a porta do quarto.

Filipe: - você esqueceu de novo né?

Carol gritando da cozinha: - eu esqueci, eu acordei pensando
na mensagem que a gente pegou e pensei na comunidade...
Será que eles sobreviveram ao ataque da bomba? Será que
ainda tá tudo bem por lá? Será que ainda existe uma
comunidade? Será que foram eles que tavam mandando
aquela mensagem? Será que eles viram a bomba antes de
chegar? Tá passando um milhão de coisas na minha cabeça
e eu acabei não pensando no café, mas eu já tô fazendo tá?
Desculpa!

Filipe: - ah fica de boa!

Ele fecha a porta do quarto, senta na cama e põe a mão no rosto esfregando os olhos com a ponta dos dedos para acordar.

09:21

Eles estão sentados na mesa, Filipe com a caneca na mão, Carol com um caderno e uma caneta, a folha do caderno está toda rabiscada.

Carol: - certo, o que a gente conseguiu até agora é que parecia que estavam buscando por alguém, como se alguém tivesse fugido da comunidade, ou assaltado eles e se escondido pelo hospital...

Filipe: - é parecia que estavam buscando alguém em um hospital e ouvi alguma coisa sobre vigiar...

Carol: - isso! Também ouvi as palavras "Salvador maior" que eu suponho que seja o líder dessa comunidade aí...

Carol: - E se eles estão patrulhando os hospitais, provavelmente a gente pode encontrar alguém em algum dos hospitais... Pode ser um ótimo lugar pra procurar essa comunidade!

Filipe: - a não ser que quem mandou a mensagem era na verdade um grupo de pessoas ruins!

Carol: - Mas por que cê acha que eles iam transmitir por uma rádio?

Filipe: - pra assaltar todo inocente que aparecesse por lá procurando abrigo!

Carol: - certo! Então pode ser alguém bom ou alguém ruim que tá no hospital...

Filipe: - perdão, que "ESTAVA" no hospital, antes da bomba cair, porque a gente nem sabe se ele sobreviveram...

Carol: - quando a gente puder sair, é um bom lugar pra começar a procurar!

Filipe: - mas se for uma armadilha eles já vão tá prontos pra qualquer pessoa que aparecer, pensa um pouco, se eles mandaram essa mensagem por rádio, eles com certeza estão preparados pra um grupo de pelo menos cinco pessoas armadas, então nós dois com um bebê com certeza vamos ser um alvo fácil lá!

Carol: - A não ser que eu consiga sintonizar de novo pra tentar pegar a mensagem inteira, ou pelo menos mais alguma parte da mensagem… até lá é melhor a gente não passar em hospitais!

03 de Julho de 2022 – 07:04

Filipe acorda e novamente escuta o som do rádio na sala.

Filipe pensa: "certeza que ela já acordou e foi pra aquele rádio e a bendita TV, isso se ela dormiu... não deve ter feito nada!".

Ele levantou, abriu a gaveta da cômoda ao lado da sua cama, pegou um caderno e uma caneta e começou a escrever, saiu do seu quarto sutilmente, tentando não fazer muito barulho, olhou para porta da sala e percebeu que estava quase fechada, se esgueirou para olhar entre a fresta da porta, para tentar ver a cozinha, e saber se Carol fez o café.

Filipe: - Bom dia Carol!

Carol: - Bom dia!

Filipe: - fez o café?

Carol: - esqueci...

Filipe: - imaginei, eu tive uma ideia, espero que você não fique brava... É que eu sou um pouco chato com isso sabe, então eu deixei um recado na porta do seu quarto, pra sempre que você acordar, olhar pro recado e lembrar de primeiro fazer o café e depois ir procurar sinal ou fazer o que cê tiver fazendo agora!

Carol: - não acho que vai funcionar, porque eu não cheguei a ir pro meu quarto ontem à noite! Eu fiquei até tarde tentando consertar o rádio e caí no sono, aqui mesmo, só deitei no sofá! Aí quando eu acordei, eu comecei a mexer na TV... Eu tava tão perto... Eu senti que a transmissão tava nesse canal, só acho que o sinal tá ruim por causa da bomba... A fumaça deve tá impedindo o sinal!

Filipe: - ou pode ter derrubado a torre de TV, ou até derrubado a rádio... A gente não sabe onde caiu a bomba e a gente não vai saber até sair pra ver, e a gente também não vai sair até ser seguro... Mas eu não acho que na mesma semana que a bomba cai, a gente vai conseguir algum sinal!

Carol: - você nem sabe se a bomba caiu perto ou longe ela pode ter caído em outro estado!

Filipe: - Não, realmente! Nisso você tá certa, não faço a menor ideia de onde foi, boa sorte... Então eu vou fazer meu próprio café!

Ele fez o seu café e sentou-se a e na mesa da cozinha.

07:42

Ele está escorado no muro da cozinha com a xícara vazia na mão.

Filipe: - e a cara do RUC como cê acha que é?

Carol: - sei lá, pra ser sincera nem sei se é só um mesmo... Pode ser que seja mais de um e eles fiquem num lugar revezando sabe? Enquanto um sai outro cuida do "abrigo" ou "cativeiro", sei lá onde eles vivem ou se escondem!

Filipe: - se é que isso tem vida!

Carol: - ah é eu vi essa fita, diziam que podia ser um robô também!

Filipe: - mas isso eu não acredito não, falei brincando "se isso tem vida", robô eu tenho quase certeza que não é...

Carol: - Como cê sabe? Eu acho bem mais provável eles avançarem em tecnologia cibernética do que em tecnologia biológica e o governo ter feito um novo ser vivo mesmo...

Filipe: - eu acho que não por causa dos desenhos que meu amigo viu na TV, quando eu soube que tava acontecendo já era tarde demais sabe... Eu tava meio recluso, não tinha mexido na internet, nem tinha assistido televisão por uns dias... Tava com meus problemas!

Carol: - ah entendi, eu também vi uns... os desenhos que eu vi nas redes sociais tem algumas diferenças até que grandes entre um e outro sabe, quando eu vi a segunda imagem no celular pela primeira vez, eu achei até que fosse fake porque era muito diferente da primeira, mas aí eu vi o mesmo desenho na televisão, em canais importantes e tal...

Filipe: - exatamente! Por isso eu acho que ele é um ser vivo, ele pode simplesmente trocar de roupa que nem gente, né?

Filipe: - coisa que não faz sentido se for um robô...

Carol: - Tá certo, tá certo, cê não vai concordar de jeito nenhum que pode ser um robô né?

Filipe: - é que não faz sentido, pelo menos na minha cabeça, a tecnologia eletrônica avançar tanto assim...

Filipe: - e ainda mais perder o controle e não conseguirem desativar!

Filipe: - não entra na minha cabeça algum país fazer algo tão perigoso sem um botão de desligar!

Carol: - eu tô te dizendo! Na área 51, invés de eles estudarem alienígenas como diziam os conspiradores, eles estavam na verdade avançando em tecnologias!

Carol: - bem antes de o governo assumir que isso era verdade o Nick já dizia… e ele tava certo!

Carol: - Pensa bem, se eles estavam escondendo essa tecnologia, é porque era alguma coisa muito avançada mesmo e era algo que daria merda se outro país tentasse copiar! E agora com essa guerra a gente viu que não foi bomba que eles estavam criando lá, porque se fosse bomba já tinham usado e a guerra tinha acabado há muito tempo!

Filipe: - a guerra e a humanidade!

Carol: - se as bombas que eles tão usando são iguais às que a gente já conhecia da época da segunda guerra, é porque a tecnologia que eles estavam escondendo era alguma coisa diferente!

Carol: - e o principal, a radiação das bombas não afetou ele!

Filipe: - é, mas se eles tavam trabalhando com engenharia genética e biotecnologia não deixaria de ser tecnologia!

Filipe: - eu no lugar deles ia esconder qual o tipo de tecnologia eu tô mexendo...

05 de Julho de 2022 – 08:11

Filipe acorda, ouve o som de chiado e sai do quarto desapontado.

Filipe: - Bom dia Carol, já sei, já sei, você esqueceu... Olha, vamo fazer o seguinte, que tal eu cuidar de todos os cafés da manhã e cê fica com as louças de noite, aí não vai ter como esquecer porque eu vou tá acordado para te lembrar tá?

Carol: - tá certo, desculpa eu tá esquecendo!

Carol: - Eu realmente tô querendo te ajudar mas eu sinto que cada segundo que eu tô longe da TV eu tô perdendo a chance de finalmente pegar sinal e descobrir onde eles tão... Eu preciso saber se tá tudo bem, eu preciso ter um plano pra poder criar esse bebê!

Filipe: - olha você não precisa se preocupar tanto, pelo menos o plano B vai tá sempre aqui! Cê pode ficar aqui o tempo que precisar, depois que abaixar a poeira, no sentido mais literal e radioativo possível, tem um equipamento de proteção aqui, tudo certinho, pra eu sair e procurar mais mantimentos sabe, cê não precisa sair! Você não vai passar nenhuma necessidade aqui!

Carol: - Obrigada Filipe, obrigada mesmo! Isso foi muito gentil da sua parte, e claro, se não der certo de achar a comunidade eu vou ficar muito feliz de ficar aqui, não é que eu não goste de ficar aqui, ou que eu não goste de você, é que na verdade eu queria dar pro meu bebê a vida mais normal possível!

Carol: - queria que ele conhecesse outras crianças, se tiver na comunidade, conhecesse outras pessoas sabe, Como Nick iria querer que fosse!

Carol: - eu sinto muita falta dele... Acho que depois que eu perdi ele eu me desliguei de tudo, por isso que eu tô deixando de fazer as coisas de casa...

Filipe: - Eu entendo completamente, eu também tinha alguém e perdi essa pessoa!

Filipe: - Eu era casado há quase 10 anos e quando eu perdi essa pessoa, eu também me desliguei de tudo, parei de trabalhar, não comia, não tomava banho, não dormia, eu nem conseguia pensar...

Carol:- Ah Filipe! Eu não fazia ideia!

Filipe: - relaxa tá tudo bem agora... Só que pra fazer comida eu vou precisar de algum prato, e você esqueceu de lavar a louça ontem no almoço, disse pra deixar acumular que na janta cê lavava "sem falta" e agora eu fui procurar os pratos, e tão todos sujos na pla...

Filipe: - Carol, tira um segundo a mão daí, só pra lavar a louça, por favor!

Ele aumenta sutilmente o tom de sua voz.

Carol se levantou um pouco assustada, e foi até a pia lavar a louça, enquanto Filipe foi ao banheiro, batendo os pés, para escovar seus dentes, e ao terminar ele bateu a porta do banheiro, voltou para a cozinha, onde ela já erguia as mangas de sua camisa para lavar a louça, quando se assustou com o som da porta batendo.

Ela olha para a porta da cozinha e vê ele com cara de bravo.

Filipe: - e por favor, quando usar o banheiro, dá descarga!

08 de Julho de 2022

Carol caminhava pelo corredor do prédio onde seus pais moravam, estava tudo Impecável, quando as luzes do corredor começaram a piscar e o corredor ficou todo destruído, como ficaria depois de um incêndio, com peças de roupa queimadas espalhadas pelo chão. Tudo volta ao normal em menos de um segundo, ela se posiciona na porta do apartamento de seus pais, a luz pisca novamente e por um segundo a porta muda para uma versão toda queimada e depois volta ao normal. Carol então entra na sala do apartamento, onde tudo parece bem.

Carol: - mãe? Pai? Onde vocês estão?

Pai da Carol - eu estou aqui querida!

Ele entra pela porta que dava na cozinha.

Era um homem de um metro e 75, cabelos grisalhos penteados de lado, com topete parecendo o Âncora do jornal das 8:00. Ele usava um terno cinza, o traje padrão que ele vestia para trabalhar, exalando o aroma de sua colônia pós-barba, ele ajeitava a gravata azul enquanto se aproximava dela, que por sua vez disparou correndo para abraçá-lo:

Carol: - que saudade eu senti de você pai! Cadê a mamãe? Cê tá bem?

Pai: - Ei, calma amor, o que aconteceu?

Ele segurava o rosto dela de uma forma gentil, com o olhar triste ao ver as lágrimas escorrendo pelo rosto de sua filha.

Pai: - tá tudo bem, tá bom meu bebê?

Então a luz pisca novamente, tudo muda, mas não por um segundo, o terno que ele vestia agora estava todo preto e queimado, grudado em sua pele, o rosto estava totalmente queimado, parecia uma caveira carbonizada com pequenos restos de pele grudados em algumas partes.

Ela arregala os olhos e tenta ir para trás o empurrando com os braços, porém a mão que antes segurava o seu rosto com carinho, agora eram dedos de esqueleto, apertando com muita força, sem deixar que ela se esquivasse.

Pai: - O que foi amorzinho? O papai tá assustando você?

Aquele monstro foi se abaixando e posicionando calmamente o seu rosto, aproximadamente três centímetros do rosto dela.

A caveira não tinha mais lábios, mas Carol sentia como se aquilo estivesse sorrindo pelo tom de voz irônico que o monstro que uma vez foi seu pai usava.

Em pânico, ela aperta os olhos e tenta virar o rosto para a esquerda enquanto com um golpe de sua mão direita bate no braço do esqueleto, que por sua vez se desprendeu do antebraço, continuando a apertar o rosto dela, que começou a gritar desesperada, mas quando ela abriu a boca para gritar, os dedos que pressionavam seu rosto apertaram a pele da bochecha para entre os dentes dela com tanta força que ela não conseguiu fechar a boca.

Ela sentiu tanto medo que deu um pulo para trás e acabou caindo no chão enquanto gritava ainda sem conseguir fechar a boca. Ela agarrou com as duas mãos o braço amputado do esqueleto, e puxou para trás enquanto o esqueleto caminhava lentamente na direção dela.

Três dos os cinco dedos que pressionavam o seu rosto se levantaram, enquanto a mão cadavérica, esquelética e queimada pressionava nas bochechas com o dedo indicador e o polegar, lentamente levantava o mindinho, depois o anelar e então o dedo do meio.

O mindinho se dobrou flexivelmente, deslizando lentamente pelo lábio inferior da garota, tocando então os dentes da frente de sua mandíbula e deslizando por cima deles, tocando com a ponta do mindinho na ponta da língua.

O grito de Carol então ganha uma intensidade maior, com uma mistura de nojo, medo, horror e outros sentimentos, dançando em seu interior.

Ela podia sentir com a ponta de sua língua o gosto podre e queimado da carne que restava grudada naquele dedo e o cheiro de carniça invadia suas narinas.

O mindinho começa a deslizar por cima da língua enquanto ela tenta inutilmente empurrar para fora de sua boca.

Então o dedo anelar faz o mesmo movimento, e começa a deslizar pelo seu lábio inferior, Carol balança a cabeça para os lados enquanto puxa com mais força o braço.

A caveira que se aproximava lentamente, agora está parada em pé olhando de cima para Carol, deitada no chão, gritando e sentindo dor como se um gato descesse deslizando com as unhas pela sua garganta, ela gritou com tanta força que ficou sem fôlego e sentiu sua pressão cair.

O dedo anelar que tocava seus dentes subiu lentamente tocando o céu boca, mas ao invés de um deslize suave como fez o mindinho, o anelar começou a pressionar com força e penetrar no céu da boca de Carol, rasgando a carne com facilidade, tocando então no crânio da garota, deslizando por dentro da gengiva do céu da boca como uma minhoca deslizando por dentro da terra.

É a vez do terceiro dedo, o dedo do meio então toca suavemente os lábios dela, os gritos de Carol tomam agora um tom de voz mais rouco, ela não aguenta mais gritar, lágrimas escorrem pelos seus olhos como uma cachoeira, ela tenta falar algumas palavras com intenção de implorar, por favor para que aquela mão parasse, mas a dança dos dedos dentro de sua boca, a falta de voz e o sangue emergindo tornam sua inútil tentativa, patética. O esqueleto então se curva abaixando o rosto e se aproximando do rosto dela novamente.

Pai: - parece que cê tá tentando falar alguma coisa!

Pai: - olha querida, o papai já te disse para não falar de boca cheia...

Ele parece sorrir outra vez.

O dedo do meio pressiona os dentes de baixo mas continua empurrando, com muita força, a tal ponto que os dentes começam a amolecer a gengiva e se dobrar. Ela sente a raiz dos dentes começando a rasgar a gengiva de baixo para cima, e com uma dor insuportável ela tenta gritar, mas sua garganta já está em trapos.

Carol emite um grunhido grotesco.

Os dois dentes se dobram totalmente rasgando a gengiva de baixo para cima, até os dentes estarem completamente expostos e deslizarem para baixo da língua, o dedo do meio então pressiona a ponta da língua e adentra na carne, empalando como um espetinho de churrasco. A este ponto o sangue e a saliva escorrem pelas laterais dos lábios de Carol com mais intensidade e viscosidade. A camisa que ela vestia, antes branca, agora tem uma mancha enorme de sangue na área do pescoço, que desce até o umbigo. Ela se contorce enquanto o sangue também escorre para dentro da garganta, impedindo Carol de respirar.

Pai: - calma filhinha, o papai só quer pegar o bebê um pouquinho, você não vai negar o direito do vovô pegar o neto no colo, vai?

Ela se contorcendo no chão desiste de puxar o braço e começa a enfiar a mão dentro de sua boca para puxar os dedos, o que apenas causa mais dor.

O dedo mindinho começa a deslizar para o fundo de sua garganta nadando entre o sangue e a saliva.

Suor quente escorre de sua testa.

Carol sente cada um dos dedos em sua boca começarem a girar lentamente, o mindinho em sua garganta, o anelar em sua gengiva, no céu da boca, e o dedo do meio dentro de sua língua. Todos começam a ir mais fundo em direção a sua garganta, e começam a descer os três, na frente o mindinho, depois o dedo anelar, e o dedo do meio, descendo juntos, se separando da mão. O osso do antebraço começou a se forçar contra os lábios enquanto o dedo indicador de polegar que apertavam sua bochecha começaram a rasgar a pele da bochecha, que já estava toda mastigada, eles entram na boca deslizando por cima dos dentes laterais. O polegar então dispara perfurando a úvula, causando ânsia de vômito.

O vômito começa a subir e passar pelos ossos que desciam pela garganta. O nariz de Carol começa a escorrer uma mistura nojenta de sangue, vômito, saliva e catarro.

Ela se desespera com a falta de ar e volta a se debater no chão como se estivesse convulsionado.

O osso do antebraço se forçando contra os lábios de Carol finalmente entra, e o sangue escorre pelos buracos na bochecha, feitos pelos dedos.

Enquanto vômito passa pelo nariz dela e sangue pela bochecha, lágrimas escorrem pelos seus olhos.

O osso do braço desliza pela boca e pelo seu tamanho acaba por deslocar o maxilar.

O osso desliza tão lentamente e de uma forma tão calma enquanto ela inutilmente tenta puxar, já sem força, a ponta do osso nesse momento começa a deslizar pela garganta abaixo. Os ossos dos dedos agora navegando por dentro de Carol rasgam com a maior facilidade, qualquer barreira que esteja no caminho até o útero.

Os ossos da mão vão se reagrupando em volta do feto, formando uma conchinha com a mão, que começa delicadamente a pressionar para cima.

A pele aproximadamente cinco cm abaixo do umbigo, na altura do cinto da calça, começa então a inchar com os dedos deslizando para cima até finalmente rasgarem a pele e saírem com o pequeno feto embrulhado. O esqueleto que assistia tudo estica sua mão esquerda, agarra, e reposiciona o braço que saía pelo abdômen dela, no seu antebraço, abrindo os dedos um de cada vez, o esqueleto então se levanta.

Pai: - oh mas não é uma gracinha o meu netinho? Quem é o Netinho do vovô? Quem é o Netinho do vovô?

Carol então acorda gritando e se debatendo em sua cama completamente ensopada de suor.

03:31

Filipe acorda assustado com um grito estridente de Carol, então ele rapidamente pega a pistola que estava na primeira gaveta da cômoda ao lado da sua cama, levanta se vestindo e vai em direção ao quarto dela olhando para todos os lados possíveis.

Filipe: - o que aconteceu Carol você tá bem?

Carol: - Tô sim Filipe foi só um pesadelo, Desculpa ter te acordado, só que foi muito horrível!

Ela começa a chorar, ele então respira fundo e sua preocupação dá lugar ao alívio. Ele guarda a arma na cintura pressionando a trava, se senta na cama e põe a mão no ombro de Carol.

Filipe: - isso é normal quando a gente passa por muito estresse, relaxa tá!

Filipe: - tá tudo bem, cê tá segura aqui!

Ele se levanta, sai do quarto dela, fecha a porta, vai para o seu quarto e volta a dormir.

ASSASSINO

15 de Julho de 2022 - 18:05

Filipe e Carol estavam sentados no sofá assistindo, enquanto subiam os créditos do filme "Em Busca da Feliz Cidade" do ator Val Ferreira.

Carol: - Do que você trabalhava Filipe?

Carol: - digo, devia ser algo que dava muita grana para conseguir comprar um Bunker desses...

Filipe: - Na verdade, esse abrigo era de um tio meu que faleceu pouco antes de tudo começar, então mal deu tempo de eu aproveitar a herança...

Carol: - Nossa! Ele era muito próximo?

Filipe: - Nem era não!

Carol: - Mesmo assim meus pêsames!

Filipe: - obrigado… mas respondendo a sua pergunta, eu trabalhava no escritório de um banco aqui em São Paulo mesmo.

Carol: - Ah entendi, eu tava começando na empresa dos meus pais.

Carol: - era uma imobiliária que por um acaso era aqui na Paulista mesmo!

Filipe; - sério?

Filipe: - eu trabalhei ali no Banco Brafita.

Carol: - Sério?

Carol: - Era de manhã? Porque a imobiliária de meus pais fica do lado! Dois ou três quarteirões de distância… se bobear a gente até já se passou na rua!

Filipe: - eu entrava de manhã mas saía de noite, era aquele cara que só vivia pro trabalho sabe… Acho até que… não, esquece!

Carol: - o quê? Não entendi!

Filipe: - não, esquece! Eu acabei pensando alto…

Carol: - fala o que você disse!

Filipe: - não é nada demais.

Carol: - mas agora eu quero saber, eu fiquei curiosa!

Filipe: - tá, legal! Mas eu não quero falar disso!

Filipe: - eu não me sinto bem em falar disso!

Carol: - então não deveria ter começado a falar, agora eu quero saber o que é!

Filipe: - Mas eu não quero falar e pronto.

Filipe: - eu não vou falar sobre isso!

Carol: - fala Filipe, para de graça, quem sabe falando pra mim você se sente melhor!

Filipe: - não tô "de graça" eu não quero falar, é um assunto pessoal!

Carol: - ai que frescura do caralho!

Filipe:. - Já passou da hora de você lavar a louça, sabia?

Carol: - eu vou depois que você falar!

Ela abriu um sorriso de canto de boca e ele ficou nervoso.

Filipe: - eu não vou falar, puta que pariu, meu!

Filipe: - você vai lavar a louça e vai agora! É o seu dia de lavar não vem com essa merda de "vou lavar depois" não porque é nesse papinho de você ficar deixando a louça pra depois, e acaba que eu lavo!

Carol: - lava porque quer, eu nunca te pedi pra lavar!

Filipe: - mas se eu preciso usar a louça, e tá tudo sujo, eu vou fazer o quê?

Carol: - paciência!

Filipe: - paciência o caramba, vou ficar com fome porque você é preguiçosa? Vai fazer a sua parte!

Filipe: - a gente não tinha decidido que era meio a meio? Que você ia ajudar? Tá achando que tem algum empregado aqui? Tô te fazendo um favor de deixar você ficar aqui! E você não faz o mínimo para ajudar!

Carol parou de sorrir, e viu que Filipe estava nervoso, então ficou um pouco assustada, e sentiu uma pontada gelada no centro do seu coração.

Ela engole seco, levanta e anda em direção a pia.

Filipe: - desculpa Carol, eu não quis falar desse jeito...

Carol: - me desculpa por não ajudar em nada, eu fico enrolando pra lavar a louça porque se eu lavo quando você tá na cozinha ou na sala, cê parece sujar mais louça de propósito!

Carol: - Parece que você para tudo que tá fazendo e corre pra comer, pra eu ter que lavar...

Filipe: - é que se eu deixar pra depois, quem lava sou eu!

Ele abre um sorriso de canto de boca, e vê que ela ainda está com cara de triste.

Filipe: - tudo bem? Eu falei assim porque eu tava com raiva mas cê sabe que não é bem assim, eu que pedi pra você ficar, não é obrigação sua me "pagar um favor"!

Carol: - Pareceu que isso já estava entalado há muito tempo, que você queria dizer e não tinha uma oportunidade, e você tá certo em me cobrar!

Carol: - relaxa, tô triste por só ter me tocado agora que eu não tô fazendo por merecer sua generosidade!

Filipe: - é, às vezes eu acabo pensando isso, mas depois eu lembro que não é bem assim, por favor não fica com raiva!

Filipe: - Você é a única pessoa que eu tenho para ver filme e bater papo sabe, tava um saco ficar aqui sozinho!

Filipe: - Acho que ficar muito tempo sozinho me deixou meio grosso, antipático, sei lá…

Carol: - é, e eu acho que ficar muito tempo com o Nick me deixou meio relaxada, preguiçosa… ele sempre fazia tudo pra mim, me tratava igual princesa, e eu acabei esquecendo que ele não tá mais aqui!

Ela abre um sorriso de canto de boca com os olhos cheios de lágrimas.

Carol: - eu só queria tomar uma, mas nem posso fazer isso, porque faria mal pro bebê!

18:39

Ele entra em seu quarto, e quando andava em direção a sua cama, olha no espelho, distraído, e só aí que ele se dá conta da camisa que estava usando.

Filipe pensou: "Ué, eu tenho quase certeza…".

Filipe pensou: "não, eu tenho certeza que eu joguei essa camisa fora! Aliás, eu tenho certeza que hoje de manhã eu pus uma camisa branca e essa é preta! que esquisito…".

Ele ficou ali parado, se olhando no espelho por alguns segundos, então ele percebeu que seu cabelo estava penteado.

Filipe pensou: "eu penteei o cabelo? eu não lembro de ter penteado o cabelo…".

Enquanto ele estava focando no seu cabelo, em seu campo de visão teve a impressão de ver seu reflexo sorrindo, e então ele apontou os olhos diretamente para os lábios de seu reflexo.

Filipe pensou: "deve ter sido impressão minha… Nossa como eu tô cansado! não consegui pegar no sono de jeito nenhum… acho que é por isso que eu tô estressado, tô até vendo coisa! vou tentar dormir um pouco…".

Ele apaga a luz do seu quarto, se deita, põe as mãos atrás da cabeça e ainda de olhos abertos no escuro, percebe que ainda não sente vontade de dormir.

Filipe pensa: "mas eu não precisava ter falado assim com a menina?

 Tadinha, ela tá passando por muita merda agora, e eu não vou morrer por lavar a louça… (ele suspira) é melhor não pensar muito sobre isso, já foi!".

16 de Julho de 2022 - 10:50

Filipe acorda e ao sair do seu quarto ouve baixinho o som de Carol chorando no quarto dela.

Filipe pensa: - será que eu peguei muito pesado ontem?

Ele se aproxima da porta.

Filipe: - Carol tá tudo bem?

Carol: - não quero conversar!

Filipe: - sobre ontem, me desculpa, eu fui meio pau no cu, não sei o que passou na minha cabeça…

Carol: - tá, já foi, esquece, nem tudo é sobre você!

Filipe pensou: "nossa!".

Filipe: - posso entrar?

Carol: - Entra, você deixou bem claro ontem que o abrigo é seu…

Filipe pensa: "tá com raiva de mim ou não?".

Ele abre a porta do quarto e vê o celular de Carol sobre a cama, aberto em uma página do bloco de notas intitulada "diário do Nick".

Carol: - ele tava juntando dinheiro para me levar pra Paris, pra me pedir em casamento na frente da Torre Eiffel!

Carol: - ele já tinha até as alianças, eu acabei de ver anotado no diário dele, mas depois da merda que aconteceu com o mundo, ele escondia as alianças no apartamento abandonado do vizinho dele!

Filipe então respirou fundo, se aproximou dela, que estava sentada na cama chorando, e a abraçou.

17 de Julho de 2022 - 09:47

Filipe acorda, sai do quarto e vê o mesmo que tem visto nos últimos dias, Carol sentada no chão em frente à televisão, com o rádio em cima da mesinha de centro, mexendo as antenas para todo lado. Ele respira fundo e anda até a cozinha, chegando lá ele vê a pia cheia, o fogão imundo, o chão todo sujo, a lixeira cheia e a mesa cheia de farelos, então ele se zanga e vai até o sofá.

Filipe: - Carol levanta!

Carol: - Oi, bom dia Filipe, não vi que você já tava acordado, já eu tô indo fazer o café!

Filipe: - não tem essa de já vou!

Filipe: - Toda vez cê fica enrolando, cê já devia ter feito.

Filipe: - para agora o que você tá fazendo e vem limpar a cozinha!

Carol : - desculpa!

Filipe: - Olha eu não quero ser o cara chato e tal, sei que cê ficou feliz que eu consertei o rádio, mas isso tá acontecendo muito, a exceção já tá virando regra!

Carol : - não, cê tem razão, me perdoa! Tô indo lavar!

Ela levanta com cara de assustada, posiciona o radinho deitado na mesa de centro, passa por ele apreensiva e começa a arrumar a cozinha.

Filipe: - desculpa ser grosso, mas se eu não falar assim cê não faz!

Carol: - Sem problema, quando você achar eu tô "folgando" muito, ou que eu tô enrolando muito, pode falar... que às vezes eu nem percebo, eu ando meio desligada mesmo.

Filipe: - tá, quando o café tiver pronto, cê me chama!

Ele foi para o seu quarto, sentou de frente para o espelho e começou a se observar.

Filipe pensou: "tá vendo? Ela reconhece que tá esquecida, não precisa se sentir culpado de ser um pouco duro com ela!".

 Mas ele sentiu como se aquela voz não fosse dele em sua mente, ele sentia que tinha algo estranho.

15:18

Carol: - Ele ia me levar pra Paris porque eu sou apaixonada por pinturas, eu estudava os movimentos artísticos e lia as biografias de pintores no nosso tempo livre...

Carol: - Fiz alguns cursos de artes, era o que eu mais gostava de fazer antes dessa merda com o mundo!

Filipe: - eu sempre quis aprender a jogar golfe, de verdade, sabe?

Filipe: - eu já joguei, conheço o básico, de bater com um taco numa bola pra ela cair no buraco e tal, mas eu queria saber as regras!

Filipe: - até tinha um campinho de mini golfe onde eu trabalhava, e eu e um amigo meu brincávamos, mas a gente nunca aprendeu a jogar de verdade...

Carol: - eu tenho quase certeza que vi um livro aqui sobre esportes chiques e tinha vários esportes na capa, eu me lembro de ter visto tênis e Golf...

Filipe: - Golf é esporte de verdade?

Carol: - sei lá!

Ela sorri, se levanta, vai até o armário embaixo da televisão e vasculha um pouco.

Filipe: - você pintava paisagens ou o quê?

Carol: - também, um pouco de tudo!

Filipe: - Bem que cê poderia fazer umas pinturas, tipo, pintar umas paisagens pra a gente espalhar pela parede daqui e meio que fingir que são janelas pra dar um ar mais "vivo" pra esse lugar!

Carol: - até que é uma boa... achei!

Ela entrega o livro para ele, que abre no índice e seleciona as páginas onde tem as regras de golfe.

Filipe: - Nossa! Mas 50 páginas só de regra de golfe?

Carol: - você não gosta de ler?

Filipe: - Não é esse o problema, mas 50 páginas de regras? Parece complicado demais...

19:42

Carol bate na porta do quarto de Filipe.

Carol: - a janta tá pronta!

Filipe sai com o livro na mão.

Carol: - E aí já aprendeu a jogar golfe?

Filipe: - não, eu desisti, é complicado demais ou eu que não tô com paciência para aprender!

Filipe: - é que do jeito que eu jogava parece ser mais legal e mais fácil!

Filipe: - ai que saudade de jogar um golfe errado!

Ele olha para cima sorrindo.

Carol: - a gente pode jogar, eu lembro de ter visto umas ferramentas lá em cima...

Subindo as escadas mas sem sair do abrigo tem uma dispensa com ferramentas e materiais para eventuais reformas se necessário, bem ao lado de um guarda roupas com EPI para as mais diversas necessidades.

Carol: - se eu fizer uma adaptação nas vassouras a gente pode usar a lavanderia de mini campo e usar o ralo de buraco, só tem que pôr alguma coisa no ralo pra a gente conseguir pegar a bolinha de volta!

Filipe: - sim, eu posso tirar a bolinha da cabeceira da cama com o serrote, dar uma lixada, aí ela vai ficar redondinha!

Carol: - tá ótimo, então amanhã a gente vai jogar golfe errado!

18 de Julho de 2022 - 19:14

Filipe: - BOOOOOLA!

Ela ri.

Carol: - você vai falar isso toda vez mesmo?

Ele ri.

Filipe: - essa regra eu aprendi assistindo desenho animado!

Carol: - eu já brinquei usando uma caneca como buraco só porque vi nesse desenho!

Ele pega seu taco improvisado, que era o cabo de uma vassoura com um pedaço de madeira pregado, e quando ele levanta o taco para bater na bolinha a parte do taco que foi pregada se solta voando na parede, o que faz Carol rir alto.

Filipe: - Carol, vê se você acha um livro de marcenaria, eu mal consegui bater dois pregos num cabo de madeira!

Ele começa a rir, ela dá o taco que estava segurando para ele.

Carol: - ai Filipe, tenta usar o meu!

Ele pega o taco dela, se prepara para bater mas erra a bolinha.

Filipe: - garota, você tá me dando azar!

Carol: - Tá bom, vou virar de costa, só não vale pegar a bolinha com a mão e jogar no buraco viu!

Filipe: - se você virar de costa, eu vou tacar a bolinha na sua cabeça!

Ela dá risada outra vez.

Carol: - era assim que você jogava com seu amigo?

Carol; - ele devia ganhar todas!

Filipe: - Na verdade ele conseguia ser pior que eu, pelo menos nisso!

Filipe: - Eu nunca vi ele batendo pregos em madeira nenhuma, mas acho difícil ele ser pior que eu!

Filipe: - bem, você zoou o que eu gosto de fazer, tá na hora de você pintar uns quadros pra gente, aí vai ser minha vez de dar risada!

Carol: - não tem nenhuma tela grande nessa casa, só um caderninho!

Filipe: - mas de gambiarra eu sou bom, a gente pode colar várias folhas do caderninho e depois usar uma tinta que eu vi junto com as ferramentas pra pintar por cima das folhas e deixar tudo branco!

Carol: - Então fechou, amanhã vamos pintar uma paisagem!

Filipe: - "Vamos" nada, eu não tenho nada a ver com isso, só quero ver você pintar pra dar risada, se eu pegar um pincel transformo a paisagem em desastre!

Eles riem juntos.

19 de Julho de 2022 - 08:51

Filipe levantou, e ouviu Carol mexendo no rádio, foi para a cozinha, e chegando lá notou que já estava tudo limpo, o café estava pronto e quente.

Filipe: - Bom dia Carol, obrigado viu!

Ele passa a porta da cozinha e pega sua xícara na mão enquanto ela apenas virou para trás e sorriu.

Carol: - Bom dia Filipe!

Filipe: - fica à vontade mexendo aí no rádio que eu vou agilizar as folhas, quando tiver tudo pronto eu te chamo pra você começar a pintar!

Carol: - acho que vai demorar pra secar a tinta branca, lá pra a hora da janta eu começo a pintar, quer ver?

Filipe: - posso tentar improvisar pra deixar bem perto da saída de ar do aquecedor!

Carol: - Pendura no varal então!

Ele sorriu.

20:05

Carol está na lavanderia pintando, Filipe está sentado em uma cadeira atrás dela, observando curioso, a tela branca está pendurada no varal e já tem um campo verde.

Filipe: - falta umas árvores cê não acha não?

Ela sorriu, pegou o pincel e limpou, passou na tinta marrom, calmamente fez o tronco da árvore e começou a ramificar os galhos.

Filipe: - Na verdade eu acho que não, hein…

Filipe: - a árvore só estragou mesmo…

Filipe: - tava mais bonito antes…

Ela sorrindo molhou o pincel na tinta marrom outra vez, virou e passou no nariz de Filipe.

Carol: - tá melhor agora?

Ela riu enquanto ele tentava conter o riso.

Filipe: - continua aí, eu vou lá no banheiro limpar isso!

Ele se levanta e caminha até o banheiro, abre a torneira e quando olha no espelho tem a impressão rápida, por uma fração de segundo, de ver o seu reflexo com uma expressão vazia, um olhar morto e penetrante, o que rapidamente tira o sorriso do seu rosto.

Ele começa a olhar para o espelho com expressão de confusão, e começou a notar no canto da boca de seu reflexo um sorriso lentamente começando a aparecer, o que deixou ele hipnotizado olhando para o espelho, que subia sutilmente.

Filipe pensou: "devo tá ficando maluco!"

Ele encheu a mão de água, passou no rosto, deu três tapas na bochecha, esfregou o nariz para tirar a tinta, secou o rosto e voltou para a lavanderia onde Carol estava pintando.

Filipe: - eu saí por 10 segundos e tem uma janela pendurada no varal?

Filipe: - Não vai me dizer que essa é a pintura, tá tão realista...

Carol: - não vem não, cê acabou de falar que a árvore tinha estragado a pintura!

Filipe: - não pô, falando sério agora, realmente tá muito bonito, você tem talento garota!

Filipe: - uma pena que, depois da merda que aconteceu nesse mundo, não tenha como vender sua arte!

Ela ainda sorrindo apenas vira seu rosto para ele e acena.

20:48

Ele está sentado atrás dela com várias manchas de tinta azul na cara, ela está dando risada com o pincel na mão.

Carol: - Não, é sério, essa é a última vez, pode ir lá limpar o rosto que eu já tô acabando!

Ele se levanta fingindo que está com cara de frustrado, apenas para fazer Carol rir mais.

Ele caminha até a porta do banheiro mas hesita na hora de entrar.

Filipe pensa: "Oxe, só o que faltava, ter medo do espelho agora!"

Ele entra no banheiro e lava o rosto sem olhar no espelho nem sequer uma vez, sai o mais rápido possível de lá e ao voltar para a lavanderia vê ela sorrindo e limpando o pincel.

Carol: - acabei!

Carol: - diz aí o que você achou!

Filipe: - Tá incrível, sem puxação de saco, realmente tá muito bom!

Carol: - obrigada!

Carol: - você saiu para limpar o rosto e voltou com ele ainda sujo?

Filipe: - é eu não olhei no espelho enquanto eu tava lavando o rosto, eu tô com a impressão de que eu tô vendo coisa no espelho… acho que é o cansaço!

Carol: - meu quadro tá tão bom que cê não sabe mais o que é real?

Filipe: - não é isso...

Carol: - eu sei, tô te zoando!

Carol: - Eu tinha visto uma coisa assim na net, que se você ficar olhando muito tempo para o espelho, você começa alucinar e ver seu rosto mudando!

Carol: - dependendo do tempo que você passar olhando pro espelho sem fazer nada, seu reflexo pode ficar irreconhecível, não precisa ter medo, isso é completamente normal!

Filipe: - eu não tô com medo...

Filipe: - tá, eu não preciso mentir para você, eu fiquei com um pouco de medo sim!

Carol: - descansa um pouco, como cê comentou que não tá conseguindo dormir, isso também pode tá te afetando... eu vou fazer a janta por você hoje, beleza?

Filipe: - pode ser, obrigado Carol!

Ele vai para o seu quarto.

Filipe pensa: "onde é que você tava com a cabeça?

Eu não preciso mentir para você?

Sério imbecil?

Só o que você fez desde que conheceu essa garota foi mentir para ela! Todos os dias você acorda, sai do quarto e alimenta essa mentira, alimenta mais e mais e mais até o momento

que ela vai tá tão grande que ela vai se alimentar de você!
Você não vai mais conseguir esconder!

Já pensou como vai ser quando ela descobrir?".

Ela bate na porta.

Carol: - Filipe, você prefere macarrão ou arroz?

Filipe: - você que sabe Carol, tanto faz!

Ela estranha a voz melancólica dele.

Carol: - tá tudo bem aí?

Filipe: - tá sim, acho que eu comi um pouco de tinta, tá me dando dor de cabeça!

Ela deu risada.

Carol: - o que eu te falei sobre comer tinta?

Carol: - a "tia" já disse que não pode, eu já vou trazer o papá!

Ele ri.

Carol: - falando sério agora, quer que eu traga um remédio?

Filipe: - não precisa, ainda tem aqui!

Carol: - vou fazer macarrão então e já trago um pouco pra você!

Carol: - descansa aí!

Ela caminha sorrindo até a cozinha.

27 de Julho de 2022 - 11:09

Filipe levantou ouvindo o som que já se tornou rotineiro, do rádio chiando, ele se vestiu e entrou na sala.

Filipe: - Bom dia Carol!

E ela olha para trás assustada, levanta largando o rádio e corre para a cozinha

Carol: - Oi Filipe, desculpa, eu já tô indo fazer…

Carol: - Bom dia!

Filipe vai até o banheiro e, com a visão um pouco embaçada, vê seu reflexo sorrir, esfrega os olhos e volta a ver normalmente.

Filipe pensa: "como eu paro com essa merda?".

21:36

Carol estava mexendo no hack da sala, onde ficavam os CD's e os jogos enquanto Filipe estava sentado no sofá esperando ela escolher outro filme.

Carol: - vamos jogar algum desses jogos!

Filipe: - qual?

Carol: - pode ser Banco Dos Imóveis!

Filipe: - Ah não sei, eu não sou muito fã desse jogo... eu costumo ficar competitivo!

Carol: - vamos vai, a gente aposta alguma coisa!

Filipe: - Tipo o quê?

Carol: - já sei, quem perder vai ter que limpar tudo a semana inteira!

Filipe: - gostei disso...

23:29

Filipe: - vamos, só mais uma, melhor de três!

Carol: - mas eu já ganhei duas Filipe, pode ir começando... pra minha sorte eu ainda não levei o lixo pra incinerar...

Ele fica quieto com cara de raiva, ela sorrindo e achando que ele estava levando na brincadeira, pega uma vassoura e põe atrás da mão dele, escorada na mesa.

Carol: - pode ir lá Filipe! Começa que tem muita coisa pra você limpar...

Ele subitamente fica muito nervoso e bate na vassoura, que voa e bate na porta que dá acesso à sala.

Filipe: - se contar todas as vezes que eu levei o lixo no seu dia, varri o chão no seu dia e tudo mais, já passa de uma semana... na verdade o seu saldo tá até negativo, você teria que ganhar mais umas três partidas para gente ficar empatado!

Ela abre um sorriso meio sem graça.

Carol: - nossa, alguém não sabe perder...

Ela ignora e vai para o quarto, mas ele levanta em seguida e vai atrás dela até a porta do quarto, ela senta na cama e olha assustada para ele.

Filipe: - vamo Carol, pode levantar, vai limpar a cozinha, não tô brincando não!

Carol: - Oxe Filipe, eu ganhei, não vem com essa não!

Filipe: - não quero saber, você não ouviu o que eu falei?

Filipe: - você pagou uma parte das vezes que eu fiz por você, agora vai limpar!

Carol: - cê não tem palavra, que ridículo...

Carol: - nunca mais jogo apostando nada com você!

Filipe: - Na verdade, apostando ou não, você não vai jogar mais nada antes de fazer suas tarefas, vou ter que te tratar igual criança...

Ela levanta frustrada

Carol: - Filipe eu…

Filipe: - já sei, "eu sinto muito, desculpa" tá certo!

Filipe: - mas isso não muda o fato de que você já pediu desculpa na semana passada, disse que ia tentar melhorar, e até agora continua igual!

Filipe: - então eu tô tentando resolver de outra forma!

Carol: - Tá bom então, eu vou levar o lixo amanhã cedo…

Filipe: - não, cê vai levar agora!

Filipe: - Toda vez que cê fala que vai depois, eu que acabo levando! As únicas vezes que você foi, foi quando eu MANDEI você ir!

Filipe: - vai AGORA!

Ela nitidamente triste, se levantou e foi até a cozinha, enquanto ele voltou para o sofá.

Filipe: - não adianta ficar tristinha, porque da outra vez eu fui aí, pedi desculpa e você voltou acumular as tarefas…

Filipe: - Tô falando assim com você pro seu bem!

Carol: - pro meu bem, levar o lixo?

Filipe: - é, você acha que quando abandonar o meu abrigo pra ir pra tal comunidade, cê vai poder ficar coçando o saco o dia todo, ou deixar de fazer a tarefa que derem pra você porque tava triste, distraída, ou porque seu namorado te mimou?

Filipe: - se você quiser continuar morando aqui, tendo um abrigo, protegidos da radiação, você e seu bebê...

Filipe: - a sua parte aqui é a melhor coisa que você faz!

Carol: - Pois é, da outra vez você disse que não queria ter dito isso... mas agora mostrou o que realmente sente!

Filipe: - eu tava disfarçando pra não ficar um clima chato, mas parece que não tem jeito com você, ou é clima chato ou você não faz a sua parte!

Ele está tão nervoso que fica fácil ver as veias saltadas em seu pescoço, o tom vermelho de sua pele contrasta com sua camisa cinza, enquanto ele eleva o tom de voz novamente.

Filipe: - você tem sorte de que o mínimo que eu exijo pra você continuar aqui, é fazer metade das coisas...

Carol: - acho que tenho que agradecer por me lembrar de levar o lixo então!

Ele se levantou, foi para o quarto e bateu a porta.

Filipe pensou: "se eu fosse um cara ruim de verdade, tinha dito pra você fazer as tarefas todas, todos os dias ou cair fora e se virar lá, com radiação, RUC e qualquer outra pessoa ruim que te encontrar!

É um alívio finalmente pôr aquela garota no lugar dela!".

Mas Filipe se sente estranho, ele está feliz por ter tratado ela mal, mas não quer estar feliz, ele sente que bem no fundo está triste por magoá-la, enquanto essa sensação o toma por dentro ele se encara no espelho.

28 de Julho de 2022 - 05:27

Filipe acordou e já olhou para o pequeno relógio de corda que tinha na cabeceira da sua cama.

Filipe pensou: "não é possível, eu só dormi por duas horas!

Acho que se eu disser que dormi por 8 horas na semana toda é muito, que merda aconteceu ontem à noite?

Tipo, porque eu falei assim com a menina?

Eu não sou assim…

 Não, eu não sou assim, por que que eu tô pensando desse jeito?

Falando desse jeito, agindo desse jeito?

Nunca tratei ninguém tão mal na minha vida!

Ainda mais porque eu tava me segurando, se eu tivesse falado tudo que eu queria falar…

E se em algum momento eu estourar e acabar falando mais do que deveria?

Ontem eu tava me segurando e eu já tô morrendo de arrependimento…

Eu tô até com vergonha de sair do quarto e olhar para a cara dela, tadinha!

Ela não merecia ouvir aquilo!".

Ele se sentou na cama de frente para o espelho.

Filipe pensou: "que que tá acontecendo comigo?

O que que eu tô me tornando?".

Então ele tem a impressão de ver protuberâncias nas entradas do cabelo, como se chifres crescessem por baixo de sua pele, ele rapidamente passou a mão no cabelo jogando para trás e aproximando o rosto do espelho.

Filipe: - Que PORRA foi essa?

Ele já não via nada, então levantou furioso, agarrou o espelho e chegou bem perto.

Filipe: - você tá vivo?

Filipe: - tipo, Há uns meses atrás, se alguém me dissesse que tinha uma "coisa" descendo do céu enfiando a mão nas casas e levando as pessoas, eu não ia acreditar!

Filipe: - Se alguém me dissesse que em alguns meses iam ter bombas nucleares caindo por todo mundo eu não ia acreditar!

Filipe: - se alguém me dissesse que ia nevar no Brasil, eu não ia acreditar!

Filipe: - Então não é tão louco eu pensar que a porra do meu reflexo tá mexendo comigo!

Filipe: - cê tá aí? Tá tentando me endoidar?

Então o reflexo lentamente tremeu a extremidade dos lábios, vagarosamente sorrindo de forma maliciosa.

Filipe grita e cai sentado na cama e o espelho cai no chão em cima do tapete. Carol ouve e corre para a porta pelo lado de fora.

Carol: - Filipe tá tudo bem aí? Posso entrar?

Filipe: - eu tô bem! Eu só tomei um susto aqui, precisa entrar não!

Ele olha para o espelho mais uma vez, sente um arrepio subindo sua espinha e chacoalha a cabeça em negação.

Filipe pensa: "é, eu tô maluco!"

13:57

Eles estão sentados na mesa tendo um longo e silencioso almoço.

Carol: - Quer falar sobre o que aconteceu ontem?

Carol: - ou se quiser, sobre o que aconteceu hoje?

Filipe: - eu tomei um susto com espelho de novo!

Carol: - vamos resolver isso depois do almoço!

Eles terminam de almoçar em silêncio.

14:18

Carol busca o espelho no quarto de Filipe e o posiciona na frente da televisão, na sala, os dois sentam no sofá e ficam olhando para o espelho em silêncio.

14:45

Ainda sentados de frente para o espelho, o silêncio é rompido.

Carol: - eu vejo o Nick… mesmo sem ver ele!

Carol: - é como se minha mente tivesse projetando o Nick bem entre nós dois no espelho, é como se ele quisesse me dizer alguma coisa!

Filipe fica com medo, mas não demonstra.

Carol: - Eu ainda sinto ele, como se ele, às vezes, me vigiasse à noite, me protegesse!

Filipe: - cê acredita em espíritos e vida após a morte?

Carol: - não, nem é isso, é meio que mesmo sem acreditar eu sinto ele, como se meu subconsciente tivesse buscando alguma forma de acreditar que ele ainda tá aqui, que ele ainda tá comigo, eu ainda sinto que preciso dele!

Filipe: - eu não quis falar sobre isso antes e ainda não sei se eu quero falar sobre isso, mas quando a minha ex-mulher, Laura, me deixou, eu senti que não podia viver sem ela!

Filipe: - eu quis morrer, só não tive força pra me matar, mas Deus sabe o quanto eu quis!

Carol: - então sua ex-mulher não faleceu, ela só te deixou…

Carol: - quando eu tava falando do Nick você falou que também perdeu alguém, eu achei que ela tinha morrido… ela ainda pode tá viva por aí!

Filipe: - não, ela, ela morreu pra mim, ela me traiu!

Filipe: - Eu confiava nela! A pessoa que eu criei na minha mente, perfeita, sem defeitos, essa morreu!

Filipe: - Acho que ela nunca existiu, a gente acaba colocando as pessoas num pedestal, idealizando as pessoas como anjos, mas as pessoas não são perfeitas, todo mundo tem defeito!

Carol: - o Nick não, o Nick era perfeito!

Uma lágrima escorre do rosto de Carol enquanto Filipe luta internamente para não chorar também.

Filipe: - eu sei que não é a mesma coisa, não dá pra comparar um abandono com a morte de alguém que a gente ama!

Filipe: - o que eu posso comparar é um coração partido, o sofrimento que eu senti quando soube que ela estava me traindo foi a pior dor que eu já senti na minha vida!

Carol: - desculpa Filipe, mas tenho eu que ficar sozinha!

Ela vai correndo para o quarto dela e tranca a porta.

10 de Agosto de 2022 - 11:38

Filipe estava entediado, estava cansado de assistir filmes e não era muito fã de jogar videogame, então foi vasculhar o estoque quando encontrou uma garrafa da sua pinga preferida.

Carol ainda estava chateada com ele porque eles discutiram na noite anterior, por isso nem o cumprimentou quando ele passou pela sala, com a garrafa de pinga, a caminho da cozinha.

Filipe: - a primeira dose é pro santo!

Ele encheu um copo de dose e jogou no ralo da pia, depois foi para o seu quarto com a garrafa.

Filipe: - Vou tomar a minha primeira talagada e botar uma musiquinha!

Ele bebeu uma dose e começou a vasculhar na cômoda embaixo da televisão, achou um CD de música sertaneja e reproduziu com o volume alto.

Enquanto isso, Carol estava sentada no sofá da sala mexendo no rádio, tentando pegar algum sinal, porém a música que Filipe estava reproduzindo estava muito alta, o que dificultou para ela, mal podendo ouvir os chiados do rádio.

Carol: - aposto que ele fez isso de propósito para eu ir lá pedir para ele abaixar, mas não vai rolar de jeito nenhum!

Ela então conectou o rádio nas caixas de som da sala e aumentou o volume acima do volume da música.

Filipe pensou: "que chiado é esse?

Tá atrapalhando meu sonzinho, mas não vou reclamar com a menina, já reclamei demais!".

Ele decide aumentar o som da música no máximo.

Carol: - não acredito que ele aumentou de novo!

Carol: - só pode ser pra me atrapalhar!

Ela então aumentou no máximo as caixinhas de som conectadas ao rádio, tão alto que ela mal conseguia ouvir os próprios pensamentos.

Filipe: - tá, agora só pode ser pirraça!

Ele saiu do quarto, zangado, estava vermelho e mexendo a boca, claramente estava gritando mas não dava pra ouvir meia palavra de que ele dizia.

Carol tirou o cabo do rádio para ouvir o que Filipe queria dizer.

Filipe: - meu, você tá aumentando isso para me irritar?

Filipe: - se for tá conseguindo!

Carol: - não, eu já tava mexendo no rádio quando você decidiu por sua música!

Filipe: - mas você faz isso todo dia, se eu for esperar você parar de ouvir o rádio eu nunca vou ouvir minha música!

Filipe: - que tal deixar pra continuar isso mais tarde?

Carol: - e se eu parar de mexer agora e perder a única oportunidade de achar um sinal?

Filipe: - essa desculpa se aplica pra qualquer dia, e por isso eu nunca mais posso ouvir uma música?

Carol: - o chiado não vai te atrapalhar tanto ao ponto de você não conseguir ouvir a música, dá muito bem para você ouvir mais baixo!

Filipe: - eu não quero ouvir mais baixo, eu quero ouvir só a minha música, esse chiado já tá me irritando!

Filipe: - esse chiado já tá na minha cabeça!

Filipe: - Tá me enlouquecendo!

Filipe: - Eu ouço esse chiado 24 horas, todo dia!

Carol: - isso não é verdade, quando a gente tava pintando, jogando golfe, jogando tabuleiro, assistindo filme, quando eu faço as tarefas, vários momentos eu tive que parar de mexer no rádio…

Filipe interrompe: - "teve" que parar?

Filipe: - eu achei que você estava se divertindo comigo…

Carol: - você entendeu o que eu quis dizer!

Filipe: - acho que eu entendi mesmo, agora desliga isso daí que eu vou ouvir minha música hoje, amanhã cê pode continuar!

Carol: - você não tem um fone aí?

Carol: - o chiado não vai te Incomodar!

Filipe: - eu não quero ouvir minha música de fone, eu tô dançando, eu tô curtindo a vibe no meu quarto, agora desliga essa merda e não me irrita!

Filipe: - não faz eu repetir!

Ele se vira de costa e começa a ir para o quarto.

Carol: - nossa você anda muito "estressadinha"...

Ele para, se vira para ela com fúria no olhar, se aproxima dela ao ponto que ela pôde sentir o cheiro de pinga que exalava da boca dele.

Filipe: - repete o que você falou!

Carol: - eu só disse que você tá estressadinho, oxe!

Filipe começa a respirar ofegante, com a cara vermelha, seus olhos pegavam fogo de raiva, ela ficou com medo e deu um passo para trás.

Filipe: - você não disse "estressadinho", disse "estressadinha"!

Ela se sentiu fraca, impotente e vulnerável ao ver aquele homem enorme e notar as veias saltadas nos punhos fechados dele.

Carol pensou: "um soco dele na minha barriga, e eu perco o que eu tenho de mais precioso!"

Carol: - calma Filipe, eu não falei para te irritar, eu tava brincando!

Filipe: - você não tava com cara de quem tava brincando, falou com cara de brava, o que é que foi?

Filipe: - Ficou com medo agora?

Filipe pensou: "só assim pra ela me respeitar?"

Filipe pensou: "tenho que por medo nela!"

Carol: - eu preciso ter medo Filipe?

Filipe: - ah precisa…

Filipe: - se quiser o seu radiozinho intacto.

Ele pegou o rádio e as caixinhas de som, levou para dentro do seu quarto, deu play na música e conectou nas caixinhas de som.

Filipe pensou: "menina do caralho, folgada!

Se ela merecer eu devolvo esse rádio, agora vai ser assim!

Ela só vai poder mexer no rádio e procurar o maldito sinal depois de fazer as coisas da casa!

Ela nem me ajuda aqui dentro, não faz o mínimo para contribuir por estar aqui e ainda quer reclamar quando eu vou ouvir minha musiquinha!

Só o que ela faz desde que ela chegou é querer ir embora, procurar um sinal para sair daqui, ingrata!".

12:45

Ele toma mais um gole ele sai do quarto já cambaleando com a garrafa vazia na mão.

Filipe falando enrolado: - Carol, é o "seguintch" se você quiser ver esse rádi dinovo, cê vai te que começa faze sua parte aqui dento!

Filipe falando enrolado: - e pela sua gracinha, como castigo cê vai faze a minha tamém, porque eu tô bêbado demais hoje pa lava a loça!

Filipe falando enrolado: - então pode i lavano a loça hoje, e amanhã cê limpu chão… e levu lixo, qui si eu cordá de bom humô eu devolvo sa porcaria!

Ela abriu a boca como se fosse retrucar, mas viu a cara de embriagado de Filipe, sentiu medo pelo seu filho e hesitou, então fechou os olhos e abaixou a cabeça.

Ele voltou para seu quarto, trancou a porta e 40 minutos depois, o CD de músicas havia acabado e retornado para menu inicial, por isso ficou tocando a música do menu repetidamente até anoitecer.

11 de Agosto de 2022 - 03:23

Ele acordou no chão do quarto, morrendo de ressaca.

Filipe pensou: "caramba, tratei a menina assim de novo!"

Então ele ouve uma voz vindo do guarda-roupa.

Reflexo: - ah, ela mereceu! Ela tava pirraçando, aumentou o rádio chiando só pra te incomodar, você não pode nem ouvir uma musiquinha?

Reflexo: - puta menina folgada, meu!

Filipe olha boquiaberto para o espelho.

Filipe: - como você tá falando?

Reflexo: - você não precisa se sentir culpado por tratar essa folgada do jeito que ela merece!

Filipe se levanta e anda em direção ao espelho, ainda com uma cara de espanto, porém seu reflexo estava apenas sorrindo, em pé, olhando para Filipe.

Filipe ficou por meia hora ali encarando o espelho enquanto o seu reflexo apenas sorria olhando para ele.

Enquanto Filipe usava um camisão dois números maior que o seu e um calção de futebol, seu reflexo estava todo arrumado, vestindo um sobretudo preto enorme, uma camisa social cinza escuro, uma gravata preta, uma calça social e sapatos chiques.

Reflexo: - Tá me olhando assim porque, assassino?

Filipe: - eu não sou assassino, eu matei aquelas pessoas pra me defender!

Filipe: - Se eu tivesse demorado um pouquinho mais, qualquer um deles teria me matado sem hesitar!

Filipe: - eu não queria matar, me arrependo todos os dias, mas se eu deixasse eles vivos, qualquer um deles, viria me matar!

Reflexo: - você é um assassino sim Filipe!

Filipe: - todo mundo que eu matei… aquelas pessoas… foi pra me defender, eu não… eu não sou uma pessoa ruim!

13:29

Ele acorda respirando ofegante, em uma poça de suor, deitado no chão ao lado da cama em meio à escuridão. Quando ele começa a se levantar seu peso triplica e ele sente como se sua cabeça estivesse dentro de um sino, batendo sem parar, sua visão está turva, tudo ainda está rodando.

Filipe olha para o espelho assustado pelo pesadelo que acabou de ter, e vê escrito com sangue no espelho "ASSASSINO", suas mãos estão cheias de sangue e seu braço está cortado, não é um corte profundo e nem em uma veia.

Ele olhou ao redor e notou uma mancha de sangue que ocupa o tapete verde onde ele estava deitado.

Filipe pensa: "pelo menos não é um corte muito grande, não vou morrer por isso…"

Ele encontra os cacos da garrafa próximos à porta do guarda-roupa, daí se levantou, abriu a porta do quarto, cambaleou até a porta do quarto de Carol e começou a bater na porta desesperadamente.

Filipe: - CAROL, POR QUE DIABOS VOCÊ ESCREVEU AQUILO?

Carol: - o que é que tá acontecendo?

Filipe: - foi você que escreveu aquilo?

Filipe: - por que você escreveu aquilo?

Filipe: - Tá insinuando alguma coisa?

Carol: - calma aí, que que tá acontecendo?

Ela abre a porta toda descabelada, com cara de sono, sem entender nada.

Filipe: - Você escreveu no espelho do meu quarto!

Filipe: - por que você escreveu aquilo?

Carol vê as mãos dele cheias de sangue e isso a assusta.

Carol: - Você tá bem?

Carol: - você se machucou?

Filipe: - não se faz de sonsa, eu não ia me cortar, eu não ia escrever aquilo!

Carol: - eu não faço ideia do que você tá falando Filipe!

Ele pega ela pelo braço e começa a puxar com força em direção ao seu quarto, e ela, muito assustada, mas ainda mole e fraca de sono, não tem tempo de ela tentar resistir.

Chegando à porta do quarto dele, ele empurra ela para dentro e ela acaba pisando em um dos cacos da garrafa e cortando o pé.

Carol: - AI caralho!

Ela cai sentada na poça de sangue de Filipe e começa a puxar lentamente o caco de vidro de aproximadamente uma polegada que havia entrado em seu pé.

Carol: - tá ficando louco, porra!

Carol: - que merda aconteceu aqui?

Carol: - porque você tá fazendo isso comigo?

Filipe: - não era pra você se machucar, mas…

Filipe aponta para o espelho.

Filipe: - vai me dizer que não foi você que fez essa merda?

Filipe: - eu tô ficando louco?

Filipe: - fui eu que fiz isso agora?

Carol: - eu vou saber?

Carol: - Você tinha trancado a porta do quarto, esqueceu?

Ele começa a pensar, então perde o equilíbrio e cambaleia para trás encostando-se à outra parede do corredor, escorado, ele então vê o corte com sangue seco em seu braço mais uma vez e suas mãos ainda meladas.

Filipe: - acho que é mais fácil eu ter esquecido que abri a porta, do que eu esquecer que escrevi "assassino" na porra do espelho!

Filipe: - não, eu ia lembrar de ter escrito isso!

Carol: - você deve ser sonâmbulo!

Ele em silêncio aperta os olhos pois ainda está sensível à luz forte do corredor.

Carol: - Quando eu fui dormir estava repetindo a mesma música do menu do DVD, você se lembra de ter desligado o DVD?

Filipe: - não...

Ela se levanta lentamente e caminha com muita cautela, mancando um pouco, em direção ao seu quarto, desviando de Filipe que agora havia se sentado no chão do corredor, ainda escorado na parede.

Filipe: - você fez o que eu mandei?

Filipe: - você limpou tudo?

Carol: - acabei de acordar, mas eu tô indo limpar!

Filipe: - aproveita e faz uma garrafa de soro pra mim, eu tô passando mal!

Carol em silêncio acena que sim com a cabeça, entra no quarto e tranca a porta desesperada enquanto ele tenta levantar e acaba vomitando.

Filipe: - foi mal, mas limpa o vômito no corredor também!

13:53

Ela está transtornada dentro do quarto, assustada, sem saber o que fazer.

Carol pensa: "esse cara é maluco!

 É perigoso ficar aqui com ele, mas é mais perigoso lá fora com a radiação e correndo o risco do RUC me pegar...

 Será que se eu usasse dois EPI's, conseguiria sair?

É, mas ainda tem o RUC, ele ainda pode tá por aí...

E também se dois EPI's fossem resolver teria algo no livro dizendo que grávidas podem sair se estiverem usando um EPI extra ou alguma coisa assim...

Se tivesse algum jeito eu teria encontrado no livro... eu não posso arriscar a vida do meu bebê numa teoria...

Mas será que eu vou sobreviver mais dois meses com esse cara doente aqui?

Se eu fosse forte como o Nick... com a coragem dele...".

Ela começa a chorar.

Ela ouve a voz de Nick em sua mente.

Nick: "a gente vai conseguir... VOCÊ vai conseguir!"

Carol: - eu não sou forte sem você, eu não sou nada sem você!

Nick: "tá ficando doida?"

Nick: "você só é forte sem mim!"

Nick: "você se tornou forte, agora que me perdeu!"

Nick: "você conseguir seguir sem mim, e com um bebê!"

Nick: "sabe como seria se fosse ao contrário, e eu tivesse vivo e você morresse?"

Nick: "eu nunca teria de onde tirar forças, eu iria cair pra nunca mais levantar, eu seria fraco!"

Nick: "nunca mais se engane e minta pra si mesma dizendo que não pode, que não consegue, que é fraca!"

Nick: "você é forte!"

Nick: "é forte por mim, é forte por você, e é forte pelo nosso pimpolho… ou pimpolha!"

Os olhos dela escorrem lágrimas temperadas pela saudade, mas ela sorri imaginando o que sua alma gêmea diria.

Nick: "não tem nada mais forte que uma pessoa, que mesmo de luto, segue lutando pra sobreviver!"

Carol pensou: "sei que a voz que eu ouvi foi a minha consciência, mas soou exatamente como algo que ele diria…

Agora vou pensar em um jeito de ficar segura com esse babaca!"

Carol pensa: "será que o tipo sanguíneo dele ainda pode me proteger do RUC depois que ele morrer?"

DEMÔNIO

17 de Agosto de 2022 - 13:22

Filipe caminha até a sala.

Filipe: - Carol, desliga esse rádio aí que eu vou ouvir uma musiquinha hoje de novo!

Ela vê na mão de Filipe uma garrafa de pinga fechada, e neste momento ele vai até a pia da cozinha enche o copinho de dose e joga no ralo, e ela escuta ele cochichando.

Filipe: - A primeira é pro santo!

Ele vai para o seu quarto, aumenta a música no máximo enquanto Carol larga o rádio, corre para o quarto dela e tranca a porta com medo, então ela tem uma ideia.

13:47

Ela bate na porta do quarto dele.

Carol: - FILIPE, cê tem um momento?

Ele abre a porta do quarto e ela dá uma olhada disfarçada ao redor, procurando a garrafa, vê a garrafa em cima da cômoda e vê que ele apenas começou a beber.

Carol: - olha, eu vou deixar a porta do meu quarto trancada e a chave com você, caso aconteça alguma coisa que você não se lembre, aí você pode ter certeza que não fui eu, tudo bem?

Filipe: - tá, faz o que você quiser!

Carol: - então vem!

Eles caminharam até a porta do quarto de Carol, ela entrou, trancou a porta por dentro e passou a chave por baixo.

18 de Agosto de 2022 - 01:13

Filipe se levanta atordoado.

Reflexo: - ASSASSINO!

Filipe olha para o espelho e vê seu reflexo sorrindo.

Filipe: - você não é real!

Filipe: - você... você é um pesadelo!

Filipe começa a beliscar o braço tentando acordar, ele fecha os olhos e esfrega o rosto e quando abre olha para reflexo, que está sentado de pernas cruzadas olhando para Filipe, vestindo o mesmo traje chique que vestia da última vez, com a barba feita e o cabelo cortado porém pontas de chifres começaram a sair de sua cabeça e crescer.

Reflexo: - O que foi meu querido?

Reflexo: - não tá gostando do que tá vendo ou você não gosta do reflexo?

Ele disse como uma mãe fala com um bebê.

Filipe então começa a colocar a mão na cabeça tentando sentir esses tais chifres, e suspira aliviado ao perceber que não está com chifre nenhum.

Reflexo: - é assim que você se vê?

Reflexo: - você se vê como um demônio?

Reflexo: - como um assassino?

Filipe: - eu não sou um assassino!

Reflexo: - mas quem tá dizendo isso é você, tipo, eu que tô dizendo, mas eu sou você...

Reflexo: - seja sincero Filipe, cê tá mentindo para quem?

Reflexo: - pra mim?

Reflexo: - mas eu sou você!

Reflexo: - tá mentindo pra você mesmo?

O reflexo agora adotou um tom ameaçador e cheio de raiva.

Reflexo: - conta outra, você sabe que a maioria das vidas que você tirou eram inocentes! Eram pessoas com medo, assustadas!

Filipe: - das quatro pessoas que eu matei, três eram monstros...

Então o reflexo gargalha alto.

Reflexo: - quatro pessoas Filipe?

Reflexo: - você só lembra de quatro pessoas?

Reflexo: - pra Carol você falou três, e eu sei que foram bem mais...

Ele então faz uma cara de confuso e o reflexo também faz uma cara de confuso.

10:08

Ele acorda novamente pingando suor, com um corte no outro braço, agora mais fundo e vê escrito de sangue no espelho: "DEMÔNIO".

Ele então confere seu bolso e vê a chave do quarto de Carol.

Filipe: - puta merda eu tenho que pedir desculpa para menina...

Ele começa a recolher os cacos de vidro do chão.

10:41

Filipe: - Carol tá acordada?

Ele bate na porta dela, e ela percebe o tom calmo na voz dele.

Carol: - oi Filipe, quer que eu faça as tarefas hoje né? Não se preocupa, eu já tive ressaca, sei como é...

Ela usa um tom de voz compreensivo, mas revira os olhos pelo outro lado da porta em desprezo.

Filipe: - não, pode deixar que eu limpo tudo essa semana como pedido de desculpas, é que aconteceu de novo...

Ele passou a chave dela por baixo da porta.

Filipe: - se você não quiser abrir a porta, tudo bem, eu vou entender.

Ela abre a porta e vê o corte no braço.

Carol em um tom frio: - vai precisar de ajuda com os pontos?

23 de Agosto de 2022 - 03:45

Enquanto Carol está no quarto dela dormindo, Filipe toma mais uma xícara de café.

Reflexo: - você já contou pra ela que o joguinho de vocês no espelho não funcionou?

Filipe se assusta com o reflexo, pensa em ignorar, alguns segundos depois decide responder mas o reflexo fala primeiro.

Reflexo: - nah, tô te zoando eu consigo ver daqui que você não contou.

Filipe fica de cabeça baixa evitando contato visual com o espelho.

Reflexo: - que que é, não gosta dessa cara?

Reflexo: - sabe que eu tô na sua cabeça né?

Reflexo: - não tô fisicamente no espelho, você que tá birutinha… batatinha das ideia!

Nesse momento o reflexo adota um tom de voz de pena, como os pais falam com um bebê magoado.

Reflexo: - oh você não gosta dessa cara?

Reflexo: - não quer ver o homem malvado?

O reflexo assume então a aparência e a voz de Nick, com o buraco de bala na cabeça.

Reflexo: - que tal essa aparência?

Reflexo grita furioso: - OLHA PRA MIM SEU ASSASSINO DE MERDA!

Reflexo: - você sabe que aparência eu tô usando, não sabe?

Então a expressão de cólera dá lugar a um sorriso malicioso.

Reflexo: - aaah sabe… você ainda lembra da voz dele…

Filipe: - eu ouço todos os dias quando tento dormir!

Reflexo: - aaah achei que tava evitando o travesseiro por medinho de me ver de novo… ou que você tava de mal do colchão…

Reflexo: - não, não, eu vejo na sua cabeça, sei que é a voz dele que você tem evitado…

Reflexo: - mas aí fica fácil de dizer que se arrependeu né?

Reflexo: - depois de por a PORRA de uma bala na cabeça do coitado…

Reflexo: - e ele tava tão feliz de saber que ia ser papai…

Reflexo: - ah então foi isso?

Reflexo: - matou ele por inveja, a Laura não "pôde" te dar filhos e só de raiva você matou o primeiro futuro papai que encontrou!

Reflexo: - no fundo cê sabe que ela podia sim te dar filhos…

O reflexo assume a aparência da Laura.

Reflexo: - eu que não quis engravidar de você, seu fracassado!

Filipe levantou movido pelo ódio e golpeou o espelho com um direto em cheio, no meio da cara do reflexo, que despedaçou o espelho e rachou a madeira do guarda roupas, mas em contrapartida os cacos do espelho mutilaram a mão de Filipe.

Ele respira fundo se acalmando enquanto o sangue pingava de sua mão nos cacos de espelho no tapete.

Após um suspiro aliviado de Filipe, o reflexo surge agora sentado na cama atrás de Filipe.

Reflexo: - eu já falei que tô na sua cabeça bobinho, não adianta quebrar o espelho pra se livrar de mim!

Filipe: - e como eu faço isso?

Filipe: - como eu me livro de você?

Reflexo: - poxa, cê podia ter me perguntado antes de…

O reflexo aponta para os cacos de espelho cheios de sangue no chão.

Reflexo: - antes de foder a mão no espelho né meu amor…

Reflexo: - eu me alimento do seu ódio por mim… no caso por você… eu me alimento da culpa que te consome toda vez que ela fala "Nick"!

(o reflexo falou o nome com a voz da Carol)

Reflexo: - eu me alimento da culpa que sente de ter passado todos os dez anos do seu casamento, enfiado na merda da empresa que te mandou embora sem mais nem menos depois que você entrou em depressão por conta do divorcio!

Reflexo: - e você ainda sente que perdeu a Laura por que trabalhava de mais...

Reflexo: - novidade minha princesa, a Laura nunca te amou de verdade e você sabe que ela te traia com aquele cara que trabalhava com ela... como era o nome?

Reflexo: - Brian... Bruno... Breno... enfim...

Reflexo: - você se sente culpado por ter desperdiçado sua vida e ISSO me alimenta, os traumas que você afastou tanto que se esqueceu, ou fingiu que esqueceu...

O reflexo muda a aparência para a de Júlio, um amigo de Filipe.

Reflexo: - lembra de mim? Eu morri nos seus braços, por culpa do seu egoísmo, quando você não quis ajudar aquela garota...

Filipe: - e essa garota te matou!

Filipe: - sua bondade te matou!

Reflexo sorrindo: - não doido, eu não sou Júlio de verdade não, tava só zoando, eu sou seu reflexo pô...

Reflexo: - tô só na sua cabeça, lembra?

Filipe: - se você não tivesse confiado nela, nada disso teria acontecido, eu não iria atrás de você…

Reflexo: - Filipe?

O reflexo volta para a aparência inicial, de Filipe com chifres, e começa a apontar para si mesmo, mas Filipe continua ali, imóvel, com o braço esticado, e a mão cheia de cortes encostada na porta rachada do guarda-roupa.

Filipe: - eu não teria conhecido o Caio e os dois amigos dele naquela cela que nós cinco ficamos!

Reflexo: - xiiii, pirou de vez…

Filipe: - você não teria morrido nos meus braços…

Reflexo: - cê sabe que cê tá falando sozinho né…

Filipe: - eu não teria matado pessoas com aqueles babacas…

Reflexo: - tipo, eu não sou o Júlio, tu não tá falando com ele, ele não pode te ouvir, cê nem acredita em espíritos que eu sei…

Reflexo: - só tem eu aqui… você na verdade, só tem você aqui, eu nem existo!

Filipe: - eu não teria comido carne humana!

Reflexo: - opa pera ai que não tem nada de errado nisso, tu tava com fome e você já tinha matado a mina porque ela matou o Júlio, pelo menos deu uma utilidade pro cor!

Reflexo: - cê nunca viu a história do avião que caiu no gelo e...

Filipe: - e o Caio nunca teria tentado abusar da Carol...

Reflexo: - cê num tá nem falando comigo né?

Filipe: - eu não teria matado o Nick!

Reflexo: - quer saber, quem tá ficando com medo sou eu, tô saindo...

O reflexo se levanta.

Filipe: - não!

O reflexo vira franzindo a sobrancelha, curioso mas também sorrindo.

Reflexo: - você quer que EU fique?

Reflexo: - tô chocado, eu nunca fui bem-vindo...

Filipe: - Você tava quase me dizendo como eu me livro de você!

Reflexo: - ata, você quer que eu fique só pra te dizer como você faz pra eu ir embora?

Reflexo: - cê me deixou confuso!

Filipe: - por favor!

O reflexo revira os olhos.

Reflexo: - tá bom, tá bom… como eu estava dizendo, você tá alucinado pela sua culpa reprimida, eu sou a manifestação da sua culpa, eu sou sua raiva de si mesmo, eu sou a insônia, eu sou a bebedeira, eu sou o alcoolismo, eu sou a depressão, eu sou o presságio da morte, e vim te preparar… ela tá vindo te buscar, a morte, se você continuar nesse caminho…

Filipe: - e então?

Reflexo: - o primeiro passo para a redenção é a aceitação… aceite o seu passado, guarda a auto piedade e a negação… na verdade não guarda, joga fora…

Filipe: - então, assim que eu me livro?

Reflexo: - dá pra deixar eu concluir meu discursinho, porra?

Reflexo: - passei a tarde toda escrevendo isso…

Reflexo: - então, seja honesto com a garota, conte o que você fez… se você se confessar, já é meio caminho andado…

Reflexo: - se você quer parar de alucinar tem que se perdoar, de verdade!

Reflexo: - e pra se perdoar cê tem que começar pedindo perdão pras pessoas que você ferrou, as que estão vivas pelo menos…

24 de agosto de 2022 - 16:33

Filipe entra na cozinha com a mão enfaixada e um olhar vazio quando encontra a lixeira cheia, e o chão sujo, então ele vai até a sala e vê que a televisão e os móveis estão todos empoeirados enquanto Carol estava sentada no sofá.

Carol: - Filipe acabei de pôr o filme, senta aí, vamo assistir!

Carol: - se cê fizer questão eu até volto do começo!

Filipe: - não, você não vai assistir não, cê vai limpar tudo, agora!

Carol: - espera acabar o filme… pera aí, na verdade hoje é o seu dia Filipe, enfaixou a mão pra eu pensar que machucou, só pra cê não fazer as tarefas?

Ele remove a bandagem, mostrando a mão cheia de esparadrapos segurando os cortes, e o dedo do meio roxo.

Carol: - minha nossa, como isso aconteceu?

Filipe: - eu tinha tomado uma pinga e acabei esbarrando no espelho, mas eu me cortei mais recolhendo os cacos bêbado…

Carol: - Se tivesse me chamado pra ajudar a recolher, ou pra dar uns pontos aí, não ia ter desculpa pra não fazer suas tarefas hoje!

Filipe: - quer saber, não tem mais meu dia, não tem mais seu dia… todos os dias são seus!

Carol fica em silêncio olhando para Filipe sem entender, quando ela percebe que todos os cortes estão do lado de fora da mão, e apenas na mão direita.

Filipe: - é simples, você tá aqui de favor, o abrigo é meu, meu sangue tá te mantendo viva, cê vai trabalhar pra mim, cê vai pagar fazendo o que você mesma sugeriu quando cê bateu na minha porta implorando pra entrar!

Filipe: - você disse que faria qualquer coisa!

Filipe abre um sorriso malicioso.

Carol: - é, mas você disse que não precisava…

Filipe: - é, eu disse, mas regras mudaram!

Filipe: - agora precisa!

Filipe: - você vai fazer tudo, todos os dias, sempre que eu precisar!

Filipe: - tudo que eu pedir, você vai fazer!

Carol: - mas se eu soubesse que ia ser assim…

Filipe: - Se você soubesse que ia ser assim você teria entrado do mesmo jeito, foi você quem sugeriu isso!

Carol: - tudo bem Filipe, calma, eu vou limpar!

Filipe: - agora!

Ele caminha até a televisão e puxa o cabo da tomada com tanta força que quase quebra.

Filipe: - Faz uns pontos decentes na minha mão, aí cê vai levar aquele lixo, que a cozinha tá uma porcaria, depois disso cê prepara um lanche para mim!

Filipe: - acho que pipoca... pode ser, pra eu assistir um filme!

Filipe: - e por último você passa pano em tudo!

Ela se levanta assustada.

Carol pensa: "a minha vontade era envenenar a pipoca!".

25 de agosto 2022 - 10:54

Filipe acorda e sai do quarto, Carol ainda está no quarto dela, mas está tudo limpo, organizado e o café está pronto.

Filipe pensa: "bem, eu devo ter feito as coisas, ontem foi meu dia...

Mas eu não lembro de nada...

Provavelmente eu só esqueci que fiz a faxina!".

Ele bate na porta dela.

Filipe: - tá tudo bem aí?

Carol: - tá sim só vou arrumar meu quarto e já tô saindo para fazer minhas tarefas!

Ele começou a sentir muita dor de cabeça, tanta que não percebeu o medo na voz de Carol.

Filipe: - Carol, tô morrendo de dor de cabeça, só me chama se for algo muito importante!

Filipe pensou: "por que que eu tô esquecendo as coisas que que tão acontecendo?" .

No mesmo momento que ele entrou em seu quarto, notou que o reflexo apareceu sentado na cama.

Reflexo: - bem, o que importa é que tá tudo bem né, tipo, dessa vez você não se cortou!

Filipe: - vou perguntar para Carol se ela me viu fazendo alguma coisa estranha ontem ou se eu tava agindo normal!

Reflexo: - você tá maluco? Ela já tá com medo de você, e cê vai ter que contar para ela o que aconteceu com o Nick!

Reflexo: - uma coisa é você esquecer que escreveu no espelho, mas ainda dá pra falar que foi por que cê tava muito bêbado e esqueceu uns minutos!

Reflexo: - mas contar pra ela que cê tá esquecendo as coisas, que tá entrando tipo em transe por um dia inteiro, que sem ter bebido nada cê fez as coisas e não tem consciência…

Reflexo: - Isso só vai assustar ela, só vai deixar ela com medo, vai fazer ela querer ir embora, principalmente depois de saber que você matou o Nick!

Filipe fecha os olhos e põe as mãos na cabeça.

21:18

Felipe entra no banheiro e começa a tirar a roupa e seu reflexo no espelho da pia também tira a roupa, mas começa a olhar para sua genitália, depois olha através do espelho, como se olhasse para a de Felipe, depois olha para a própria mais uma vez, e novamente para a de Felipe.

Reflexo: - Ah, então foi por isso que a Laura te deixou!

Felipe toma um susto e em resposta dá um soco com a mão remendada e desenfaixada no espelho, que faz ele se quebrar em vários pedaços e abre novamente vários cortes na mão, então Felipe bate na testa com a outra mão.

Felipe pensa: "puta que pariu, como é que eu vou explicar pra Carol agora, que eu quebrei o espelho?

Eu acabei de falar com ela, ela sabe que eu não bebi nada!"

Ele entra no box e liga o chuveiro, o reflexo aparece sentado no na privada, de pernas cruzadas, nu, mas ainda com os chifres, o cabelo e a barba cortados, e o sorriso malicioso.

Reflexo: - eu te falei que eu não tô fisicamente no espelho, você esqueceu?

Reflexo: - eu tô na sua cabeça!

Reflexo: - por que cê num bate a cabeça na parede?

Reflexo: - deixa o espelho em paz, pô, tadinho dele!

Então o reflexo se levanta, entra no box do chuveiro também e começa a empurrar Felipe com o ombro.

Reflexo: - dá um espacinho aí, deixa eu ficar embaixo da água, tá muito frio aqui fora!

Então Felipe fecha os olhos e respira fundo.

Felipe pensa: "eu tenho que me acalmar, 1, 2, 3, 4, 5, 6, 7, 8…

Reflexo: - 9, 10!

Ainda de olhos fechados, Felipe escuta o reflexo com a voz da Laura.

Reflexo: - tá contando o que?

Reflexo: - os anos que eu desperdicei na minha vida, do seu lado?

Felipe abre os olhos e vê Laura, com os cabelos cobrindo os seios e as mãos na frente da virilha.

Reflexo: - Tá olhando o quê, seu tarado?

Felipe: - eu não entendo, porque tem hora que você só tá fazendo coisas pra me irritar, tem hora que você tá me dando conselhos pra resolver todo esse problema, e tem horas que você tá me dizendo pra não me sentir mal por ser cruel com a Carol, você quer o quê?

O reflexo ainda na aparência de Laura levanta os ombros.

Reflexo: - eu? Eu quero é aquele gato do Bruno que trabalhava comigo...

Reflexo: - desculpa, eu tenho quase certeza que era Breno... ah tanto faz!

Então o reflexo assume a aparência de Felipe novamente.

Reflexo: - não, falando sério, qual parte de "você está alucinando" você não entendeu?

Reflexo: - entre você falar com o seu reflexo, esquecer o que tem feito, tratar a menina com maldade, de todas essas coisas a mais sem sentido, é me culpar!

Reflexo: - faz as contas, é matemática pura!

Um óculos de grau apareceu no rosto do reflexo.

Reflexo: - soma traumas, depressão, isolamento, um pouquinho de alcoolismo e muita, muita, falta do que fazer...

Reflexo: - você nunca ouviu o ditado...

O reflexo muda por um segundo sua aparência.

Reflexo: - "mente vazia é oficina do diabo"!

Se Felipe pudesse descrever o que viu neste momento, descreveria como a própria face do diabo, a coisa mais assustadora que já viu na vida.

Então assustado ele apenas perde o fôlego e pula para trás, batendo a cabeça na parede do chuveiro.

Reflexo já com sua aparência normal: - não pô, não falei literalmente bater a cabeça!

Reflexo: - dói em mim também!

O reflexo começa a esfregar a mão na cabeça.

Reflexo: - vai fazer galo!

Filipe esfrega os olhos desejando parar de alucinar.

Reflexo: - se eu tô aqui, foi porque você me imaginou, você tá me fazendo vir aqui, eu mesmo, se pudesse escolher, estaria no topo da Torre Eiffel!

E por um segundo Filipe olha ao seu redor e as paredes do banheiro desapareceram, ele se vê no topo da Torre Eiffel, com muita fumaça no céu e uma Paris apocalíptica ao redor, daí ele fecha e esfrega os olhos mais uma vez, dá três tapas de leve na bochecha, abre os olhos novamente e vê que está no banheiro do Abrigo.

Carol bate na porta do banheiro.

Carol: - Filipe, tá tudo bem aí?

Carol: - Eu ouvi o som de vidro quebrar, também ouvi uns sons de grito como se você tivesse se machucado, você tá bem?

Filipe pensa: "isso é real?"

Reflexo: - é sim!

O reflexo atravessa a porta do banheiro e volta.

Reflexo: - e pela cara dela, ela tá perguntando por educação, não tá preocupada com seu bem estar, só com seu sangue!

Filipe murcha e se retrai, se sentindo mal por como as coisas estão entre ele e Carol.

Felipe: - tô sim Carol, obrigado por perguntar!

Ela simplesmente sai sem responder.

Reflexo: - eu falei zoando, não posso ver através da sua porta!

26 de agosto de 2022 - 08:37

Filipe sai do quarto com um semblante neutro, como um robô, as olheiras ocupavam grande parte de seu rosto, e com seus olhos vermelhos de quem não dorme há semanas vê que o café da manhã ainda não está pronto e que a lixeira está cheia de novo, sem dizer uma palavra, ele vai até Carol, que estava sentada no chão limpando a televisão.

Com um olhar demoníaco ele agarra ela pelo braço e começa a arrastar até a cozinha.

Carol: - O que que você tá fazendo Filipe?

Carol: - que que tá acontecendo?

Ele continua em silêncio, chegando na cozinha ele empurra ela contra a lixeira e ela cai sentada no chão.

Filipe: - eu nunca mais quero sair do meu quarto e encontrar alguma coisa desorganizada!

Filipe: - assim que a lixeira estiver cheia você leva, assim que a louça estiver suja você lava, eu não quero olhar para pia e ver nem um prato!

Filipe: - eu não quero olhar para os móveis e ver algo empoeirado, se eu achar alguma coisa suja, você vai vir limpar na hora e você não vai querer limpar as coisas comigo aqui!

Carol: - desculpa Filipe, eu não vi que tinha ficado cheia!

Filipe: - eu não quero que cê fique inventando desculpinha não, eu quero que você limpe!

Filipe pega a lixeira e joga todo o lixo em cima de Carol, que ainda estava sentada no chão.

Ela faz cara de choro e apenas defende a barriga com os braços.

27 de agosto de 2022 - 01:37

Filipe acorda assustado, todo suado e o reflexo está sentado e sorrindo na cama.

Reflexo: - teve um pesadelo foi?

Filipe: - é, eu sonhei que a Carol entrava no meu quarto, dava um tiro na minha cara, aí vinha um corvo preto com os olhos enfaixados e começava a bicar a minha cabeça, ele bicava três vezes e ria, depois mais três vezes e ria, era uma risada cabulosa sabe?

Reflexo: - para de ser bobo, não tem corvo dentro do abrigo não!

Reflexo: - pera aí cê contou o pesadelo pra mim?

O reflexo ri.

Reflexo: - eu perguntei ironicamente, eu já sabia, eu vejo sua mente…

Reflexo: - tipo, eu sou sua mente, na verdade!

Reflexo: - tadinho, tá solitário!

Filipe olha para o relógio e pensa: "caramba eu dormi por umas 12 ou 13 horas!".

Reflexo: - é no que dá você ficar tomando café pra não dormir à noite, só pra não ter pesadelos, pra não ouvir a voz dele quando pega no sono...

Reflexo: - você quase entrou em coma!

Reflexo: - vai contar para ela agora?

Reflexo: - tipo, essa hora?

Filipe pensa: "não quero outro pesadelo!".

Filipe sai do quarto e vê que ela está trancada no quarto, aí ele se aproxima da porta e escuta ela chorando baixinho.

Filipe pensa: "Ela deve ter visto mais alguma coisa do Nick, deve estar com saudade dele... não é um bom momento para falar disso!".

O reflexo aparece atrás de Filipe.

Reflexo: - É cara, se você falar disso agora, cê só vai causar mais histeria, ela vai chorar mais!

Filipe pensa: "ela vai chorar de qualquer jeito quando eu contar!".

Reflexo: - que sensível da sua parte, então você vai contar mesmo assim?

Reflexo: - ela vai chorar de qualquer jeito mesmo, então que se foda?

Filipe pensa: "Ué você quer que eu conte ou não conte?"

Filipe pensa: "prefere continuar esquecendo as coisas?"

Reflexo: - eu quero que você conte, mas espera até amanhã, a menina já tá sofrendo demais e você sabe que o estresse faz com uma grávida...

09:46

Filipe sai do seu quarto com a arma na cintura, um sorriso no canto da boca e um olhar malicioso. Ele caminha até a mesa da cozinha e se senta colocando os pés em cima da mesa.

Filipe: - Carol, larga essa merda de rádio agora!

Filipe: - vem fazer alguma coisa para mim comer!

Ela olha como uma expressão de dúvida para ele, vê a pistola em cima da mesa e a mão dele em cima da arma.

Filipe: - e dessa vez eu não vou repetir Carol!

Ela desliga o rádio assustada, caminha até a cozinha, e começa a preparar o café.

Filipe: - Assim que cê terminar cê já começa a lavar a louça e depois leva o lixo para incineradora, depois cê vai limpar a casa inteira, eu fui claro?

Ela fica em silêncio e ele levanta a arma e bate na mesa com força, fazendo um estrondo alto.

Filipe: - EU FUI CLARO?

Carol: - sim!

Ele tira os pés da mesa e se vira de frente para ela.

Filipe: - é sim senhor, agora!

Ela se imagina pegando a faca da pia enfiando no pescoço dele seis vezes.

Carol pensa: "respira garota, você precisa dele vivo pro RUC não te matar!".

Carol: - Sim senhor!

Ele volta a sorrir, ela termina de preparar o café, entrega para ele, ele dá um gole no café, morde um pedaço do pão e enquanto ela começa a lavar a louça ele vira a caneca de café no chão.

Filipe: - isso aqui tá um lixo!

Ele arremessa a caneca contra a parede, se levanta, pega o pão que Carol fez e joga na cara dela.

Filipe: - isso tudo tá um lixo Carol!

Ela respirou fundo, fechando os olhos e tentando conter sua raiva.

Ele pega o bule de café e ela ainda está de frente para a pia pronta para voltar a lavar a louça.

Filipe: - estica as mãos!

Ela olha para ele com cara de medo e dúvida.

Filipe: - eu mandei esticar as mãos!

Ele engatilha a arma e encosta na cintura dela, ela com medo começa a esticar as mãos, um pouco trêmulas. Ele pega o bule e começa a despejar o café fervendo nas mãos dela, que faz com que ela puxe as mãos para, trás gritando de dor, e ele para de despejar substituindo seu sorriso malicioso por uma expressão de genuína ira.

Filipe: - eu mandei você tirar as mãos?

Ela está encolhida com os olhos fechados, com medo de olhar para ele.

Filipe: - RESPONDE!

Ela continua em silêncio, com medo, retraída, segurando as mãos próximas ao rosto, então ele põe o bule na pia e agarra o braço dela com força.

Filipe: - RESPONDE!

Carol: - não senhor!

Filipe: - então estica as mãos, AGORA!

Ela chorando baixo começa a esticar as mãos, vermelhas e tremendo muito. Ele despeja o café quente mais uma vez sobre as mãos e ela sente tanta dor que não consegue manter as mãos esticadas, involuntariamente puxando para trás outra vez, que faz ele assumir novamente o sorriso malicioso.

Filipe: - vai, faz de novo, e dessa vez faz direito!

Ele joga o bule na pia, se senta na mesa e ela prepara outro café choramingando baixo.

Filipe: - e em silêncio, PORRA!

10:08

Ela termina de fazer o café e serve outra xícara para ele, depois entrega o pão, ele morde o pão e bebe um gole do café.

Filipe: - Agora sim, isso aqui tá muito bom!

Filipe: - Tá vendo como você sabe fazer as coisas direito quando tá motivada?

Filipe: - cê só precisa de um pouquinho de medo pra fazer as coisas certo!

Ela agarra uma faca grande da cozinha e começa a apertar com força, suas mãos tremem, ela sente uma quase incontrolável de cortar o pescoço dele, mesmo sentindo muita raiva, sua consciência grita para que ela abaixe a faca.

Carol pensa: "por favor Carol, pelo bebê, respira!".

Ela respira fundo, solta a faca e volta a lavar a louça, mas as lágrimas não param de descer.

Filipe: - você não vai deixar esses cacos de xícara e esse café espalhados pela cozinha, vai?

Filipe: - pode ir limpando o chão também!

Ele se levanta e põe a arma na cintura, pega a faca que ela acabou de lavar, isso faz ela se encolher novamente, por medo.

Filipe: - acho que eu mereço um pedido de desculpas, né?

Carol: - não entendi!

Filipe: - você tem que pedir desculpa pela merda de café que você fez!

Ela sente raiva em suas veias, medo em seu coração, e não sabe o que fazer, ela fecha os olhos e respira fundo, suas mãos tremem muito, ela toda está tremendo e pode sentir seu coração acelerado.

Ele põe a mão atrás da orelha e se aproxima dela.

Filipe: - eu não tô ouvindo…

Carol: - me desculpa pelo café Filipe!

Filipe: - aproveitando que eu já tô aqui, bem que cê podia agradecer pela minha generosidade, sabe, de ter deixado você entrar no meu abrigo e comer da minha comida, beber da minha água, usar a minha energia e tudo essas bostas!

Filipe: - sei que você já agradeceu, mas eu tô te sentindo um pouco ingrata hoje…

Os olhos dela se enchem de lágrimas.

Carol: - Obrigado Filipe!

Filipe: - Ainda não tô ouvindo, fala mais alto!

Carol: - Obrigado Filipe!

Filipe: - você é grata por poder ficar aqui?

Filipe: - por eu te proteger da radiação e do RUC com meu sangue e meu abrigo?

Carol: - sim Filipe!

Filipe: - eu não senti muita gratidão na sua voz...

Filipe: - AJOELHA!

Ela se ajoelha chorando e um pequeno caco da xícara fura seu joelho.

Filipe: - agora engole o choro e agradece!

Ele falou com os dentes cerrados enquanto aperta firme o cabo da faca e calmamente repousa a outra mão sobre o cabo da arma.

Carol: obrigado Filipe, muito obrigado!

Ainda com a faca na mão ele sai sorrindo e caminhando até o seu quarto.

Ele entra, tranca a porta e desliza a faca pelo seu braço, cortando um pouco mais fundo que o último corte, fazendo com que o sangue rapidamente comece a pingar no chão, então ele enfia o dedo no buraco que fez com a faca, gira, põe o dedo no espelho e começa a escrever:

"MONSTRO".

12:48

Filipe desperta sentindo fortes dores em seu braço, nos cortes em sua mão direita e na cabeça.

Ao olhar para o espelho vê escrito "MONSTRO" com sangue, vê que o chão está ensopado de sangue e que tem um corte muito fundo em seu braço.

Ele então sai do quarto correndo para pedir para Carol ajudá-lo a dar os pontos e estancar o sangue, porém ao sair do quarto escuta um choro baixo vindo da cozinha, ele vai até lá e vê ela com as mãos vermelhas, cheias de bolhas de queimadura, sentada no chão em frente a pia chorando.

Filipe: - o que aconteceu, você se queimou?

Ela olha para ele com medo e sem entender.

Carol: - eu já vou voltar ao trabalho Filipe, me desculpa!

Filipe: - do que que cê tá falando? O que aconteceu com as suas mãos?

Carol: - você não lembra?

Carol: - claro, você nunca lembra né?

Filipe: - lembrar o que?

Filipe: - o que aconteceu?

Carol: - agora você é o Filipe inocente...

Carol: - você jogou o café fervendo nas minhas mãos!

Filipe: - eu não fiz isso... eu não... eu não faria...

Então ela conta tudo o que aconteceu enquanto fazia os pontos no e na mão dele.

13:41

Filipe está no quarto dele, olhando para os últimos cacos do espelho.

Filipe: - por que que você tá me fazendo tratar a menina desse jeito?

Filipe: - Por que cê tá fazendo essas coisas?

Filipe: - quem é você?

Filipe: - você é tipo um demônio, que entra na minha mente e me tortura?

Então o reflexo aparece sentado atrás de Filipe.

Reflexo: - EU?

Reflexo: - ma... mas você quebrou o espelho, esqueceu?

Reflexo: - você mandou eu ir embora, eu não ia nem voltar aqui se você não tivesse me chamado, palavra!

Então o reflexo levantou a mão direita cruzando o dedo.

Reflexo: - Se bem que tem lugar que cruzar o dedo significa que a pessoa está mentindo, tá de figuinhas, tem lugar cruzar o dedo é torcer, tem lugar que cruzar o dedo significa que eu tô jurando...

Reflexo: - eu achei que eu tinha deixado claro que eu não existo de verdade, e eu não sou a parte da sua mente que tá fazendo essas coisas!

Reflexo: - você tá louco, tá imaginando um reflexo que vem aqui para te julgar e te apontar o dedo!

Reflexo: - eu sou seu lado lúcido, que tá te dizendo "cara, para com isso!", a parte de você que quer resolver isso, quer parar de tratar a menina desse jeito e que quer ser honesto!

Reflexo: - eu sou sua parte boa, eu só quero que você conte para ela!

Reflexo: - eu sou a manifestação da sua consciência, eu tô aqui para apontar o dedo na sua cara e dizer o que você tá fingindo que não sabe, que matou o aquelas pessoas, você empurrou a culpa lá pro fundo do seu subconsciente e começou a fingir que não conhecia o Caio, que não se juntou a ele quando o Júlio morreu...

Reflexo: - e escondeu a verdade tão bem que começou a acreditar nas suas mentiras!

Reflexo: - mas a verdade volta… ela volta quando você deita pra dormir, volta quando você entra no banho, e ela vai te matar aos poucos, até você assumir.

MONSTRO

10 de Setembro de 2021 – 18:01

Filipe acorda com batidas na porta do seu apartamento.

Filipe: - Júlio, o que você tá fazendo aqui?

Filipe: - você vai viajar?

Júlio: - mano, deixa eu ficar aqui por favor, eu não conheço mais ninguém que tenha o sangue tipo O!

Filipe: - que?

Filipe: - tipo sanguíneo?

Filipe: - do que que você tá falando mano?

Júlio entra e fecha a porta.

Filipe: - Claro mano, fica à vontade, pode entrar sim!

Júlio: - Tô falando sério, cara, eu não tenho para onde ir!

Filipe: - foi despejado do seu apartamento, mano?

Júlio: - não cara é a porra do tal do RUC, Não conheço nenhum outro PP!

Filipe: - para mim você tá falando grego cara, eu não assisto esses filmes de herói não!

Júlio: - péra, você não tem assistido televisão não?

Júlio: - você não vê as notícias?

Filipe: - Cara, eu não tô tendo vontade de fazer nada depois do meu divórcio com a Laura, e ainda mandaram você me demitir da Brafita...

Júlio liga a televisão e mostra para Filipe.

29 de novembro de 2021 – 22:19

Mais uma vez Filipe acorda com batidas na porta, ele se levanta para ir até a saída ver quem bateu e vê que Julho também está se levantando da sua cama improvisada no sofá.

Voz feminina: - tem alguém aí?

Voz feminina: - alguém pode me ajudar?

Júlio: - vamo, deixar ela entrar mano, é só uma garota!

Filipe: - E se for uma armadilha?

Filipe: - se ela tiver com algum cara escondido, armado e só esperando a gente abrir a porta para tomar o apartamento?

Júlio: - e a gente vai deixar ela passando fome ou frio lá fora?

Júlio: - ou se ela tiver fugindo, e tiver alguém perseguindo ela?

Filipe: - aí não é problema nosso, se tiver alguém perseguindo ela, e a gente ajudar, esse alguém vai perseguir a gente também!

Filipe: - e se ela tiver fugindo de um grupo de 10, 20, 30 pessoas…

Voz feminina: - eu tô sozinha, eu tô implorando, por favor!

Júlio: - se afasta da porta, vai pro final do corredor!

Voz feminina: - tá bom!

Júlio: - agora fala alguma coisa para eu ter certeza que você tá do outro lado!

Voz feminina: abre a porta por favor!

Filipe: - cê não vai fazer isso cara, cê vai matar a gente!

Julho: - eu não posso deixar ela lá fora!

Júlio: - ela tá precisando de ajuda!

Filipe: - e se ela não tiver precisando de ajuda?

Júlio abre a porta.

Filipe: - ela não vai ficar aqui mano, se você quiser ajudar ela de verdade pode ir com ela pra longe de mim, e juntos cês procuram um lugar para ficar, mas não vai ser aqui!

Júlio sai com a garota e Filipe volta a dormir.

30 de novembro de 2021 – 02:37

Filipe acorda assustado com um barulho alto.

Filipe pensa: "esse som só pode ser a porta sendo arrombada!".

Ele se levanta desesperado e corre para tentar pegar uma faca na cozinha para se defender.

Invasor: - para, fica com as mãos para cima!

Filipe escutou o som de uma arma sendo engatilhada.

Invasor: - nem mais um passo amigão!

03 de dezembro de 2021 – 19:36

Filipe está em uma cela com Júlio, um garoto magrelo de aproximadamente uns dezesseis anos chamado Caio e os dois amigos de Caio, da mesma idade.

Júlio - o plano vai ser o seguinte, na hora que o cara entrar no banheiro, eu vou fingir que morri e o Filipe vai fingir que tá desmaiado, Caio vai falar que me matou, e que vocês derrubaram o Filipe, ela vai entrar pra pegar meu corpo, todo mundo fica quieto, ela vai me arrastar pra fora, aí o e quando ela ficar distraída, eu vou tomar a arma dela, render ela apontando arma e jogar a chave pra vocês, depois a gente sai e vai embora!

Caio: - você vai deixar ela viva, mano?

Caio: - você sabe que eles vão vir atrás da gente!

Júlio: - eu não vou fazer nada com eles!

Júlio: - mas se você quiser matar eles, também não vou te impedir!

Caio: - Então quando cê sair, passa a arma pra mim, que eu mato eles!

Caio: - E cê acha que ela vai acreditar que você tá morto?

Caio: - Não vai pôr a mão na sua cara pra sentir se você tá respirando?

Júlio: - sobre isso eu já sei o que eu vou fazer...

21:18

O sequestrador, de quase dois metros de altura, entra no banheiro, Então o Júlio morde o próprio dedo mindinho, arranca e cospe pra fora da cela, que faz ele gritar e sangrar demais, ele espalha o sangue pelo chão e em cima de Caio até escutar que ela está se aproximando da cela, se deita de barriga para baixo no chão em cima do braço sem o dedo.

Garota: - o que que aconteceu aqui?

Caio: - eu não queria ser o próximo que você ia matar pra fazer a janta, então eu poupei o seu trabalho e matei esse viadinho!

Caio: - não queria que você escolhesse eu, nem meus amigos!

Garota: - e o grandão não tentou impedir?

Caio: - a gente desmaiou esse babaca, ele é o próximo no corredor da morte!

Caio: - só pra garantir que não vai se vingar, quebrei os dois braços dele...

Um dos amigos de Caio fingiu que estava ofegante.

Amigo: -"você" fez isso, Caio?

Caio: - é, esses moleques me ajudaram um pouquinho...

A garota pega o corpo de Júlio e começa a arrastar para fora
da cela, tranca a cela de volta, então se vira de costas para
ele, e pega uma faca.

Garota: - em pedaços é mais fácil!

Júlio levanta num pulo e tira a arma da cintura dela, mas ela
rapidamente enfia a faca na barriga de Júlio, ele bate com a
arma na cara dela e ela cai para trás, Júlio tampando o corte
com a mão joga a arma para Caio, e pega as chaves da cela
no bolso da garota esticada no chão, joga para Filipe e cai
sentado.

Filipe: - Júlio, cê tá bem?

Filipe destranca a cela e corre para socorrer Júlio, se
ajoelhando ao lado dele de costas para a garota.

O sequestrador no banheiro abre a porta e pula em Caio
tentando tirar a arma dele, esbarrando na porta da cela, que
faz a porta bater, se trancando.

Enquanto Caio, seus amigos e o sequestrador lutavam, a
garota silenciosamente se levanta.

Júlio: - eu tô só... tô só...

A garota joga a faca no rosto de Júlio e Filipe toma um susto,
pega a faca entre os olhos abertos de seu amigo, e joga de
volta na garota, mas acerta o cabo na cara dela, que apenas
cambaleia com a batida e pega a faca no chão.

Ela vai para cima dele segurando a faca com as duas mãos e
consegue colocar a ponta da faca ao lado da sobrancelha

dele enquanto ele segura as mãos dela, ela tira os pés do chão, fazendo peso e a ponta da faca lentamente desce contornando o olho até a lateral da boca, quando Filipe consegue empurrar a garota para trás, mas fica com a faca.

Nesse momento ele ataca desferindo oito golpes com a faca no torso da garota, que cai e ele monta em cima dela continuando a esfaqueá-la até que escuta um disparo na cela.

Ele se vira e vê os amigos de Caio segurando os braços do sequestrador, morto com um tiro na cara, e a arma soltando fumaça na mão trêmula de Caio, que está com os olhos fechados e com a cabeça virada para o lado, como se tivesse medo da arma.

Caio: - pronto, acabou!

05 de dezembro de 2021 – 17:22

Caio: - tem dois dias que a gente tá pra lá e pra cá e só conseguiu uma lata de ervilha que dividimos pra nós quatro…

Caio: - eu vou ter que ser o cara que diz o que ninguém quer dizer, mas todo mundo pensou!

Caio: - não temos outra opção…

Filipe: - do que é que cê tá falando cara?

Caio: - a gente sabe onde tem carne...

Filipe: - o que?

Caio: - a merdinha que prendeu a gente e o namorado dela...

Caio: - provavelmente nem começaram a se decompor levando em consideração que tá nevando pra caralho, provavelmente devem estar congelados, isso é a coisa mais próxima que a gente tem de comida!

Filipe: - Você tá surgindo da gente comer carne humana de propósito?

Filipe: - cê até vomitou quando essa doente nos obrigou a comer o tal do Marielson...

Caio: - eu não tô dizendo que vou gostar, que vai ser bom nem merda nenhuma!

Caio: - Nem tô dizendo pra a gente virar canibal e sair comendo todo mundo que a gente encontrar!

Caio: - Tô sugerindo da gente não morrer de fome, só dessa vez!

15 de junho de 2022 - 11:10

Eles quatro estão explorando um shopping que não foi completamente consumido pelos incêndios do pós bomba.

Caio: - você ouviu isso?

Caio: - acho que tem alguém no banheiro…

Caio: - Filipe, fica aqui fora vigiando!

Caio entra com os amigos e Filipe fica escutando o que está acontecendo dentro do banheiro.

"um som de batida muito forte"

Caio: - olha o que a gente tem aqui!

Caio: - Deu positivo, ela vai ser mamãe galera!

Então Filipe começa a ouvir sons de luta e ouve o grito abafado da garota pela mão de Caio.

Filipe entra no banheiro e vê Caio segurando a boca da garota e a sufocando com uma gravata, então Filipe vê o teste no chão e Caio enfim desmaia a garota, soltando ela no chão.

Caio: - o que que é Filipe, eu não mandei você ficar lá fora?

Filipe: - O que você tá fazendo mano, ela tá grávida?

Caio: - A gente já ia matar ela pra comer mesmo, eu pensei em comer um pouquinho antes de matar ela, se é que você me entende…

Filipe: - mano, cê não vai fazer isso, a mina tá grávida, deixa ela ir!

Caio: - Agora ele virou moralista pessoal, só você matou umas 15 pessoas e comeu com a gente mais de 30, sem perguntar quantos deles tinham filhos escondidos, esperando o papai ou a mamãe voltar com a comida...

Filipe: - agora a gente tem comida no abrigo Caio, a gente não precisa matar pra sobreviver... eu tô implorando, deixa a mina ir!

Caio: - eu não vou viver de lata de milho porra, eu quero carne, sem contar que faz mais de um ano que eu não dou umazinha...

Caio: - isso não dá pra fazer com a lata de milho, você quer fazer por ela?

Os amigos de caio riem.

Caio: - leva ele pra fora e dá uma lição nele pessoal!

Então os amigos do Caio empurram Filipe para fora do banheiro, Caio se abaixa e começa a puxar a capa de bombeiro que a garota vestia.

 Caio escuta dois disparos de arma, se levanta assustado e Filipe entra no banheiro de novo, apontando a arma para Caio.

Caio: - Que merda cara, peraí, vamo conversar...

Filipe atira na cabeça de Caio, então Filipe pega a garota e põe no ombro.

Filipe pensa: "Se eu largar você aqui, cê vai morrer de frio, sem contar que qualquer assassino e ladrão da região pode ter escutado os tiros".

Então quando ele está caminhando para saída do Shopping ele ouve passos se aproximando, olha dentro de uma farmácia desolada e vê um rapaz que corre e para ao seu lado, com mechas verdes no cabelo e uma roupa de bombeiro igual à garota em seu ombro.

Nick: - Carol?

Filipe vê Nick colocando a mão na cintura e puxando um revólver, tudo fica em câmera lenta para Filipe, que por instinto puxa a pistola da cintura e dispara contra a cabeça de Nick.

O sangue quente espirra no rosto de Filipe.

27 de agosto de 2022 – 13:46

Reflexo: - ...mas eu tô aqui para te dizer que é mentira, você é sim um assassino e quanto mais cedo você assumir, mas rápido cê vai parar de surtar, parar de ver coisas, vai parar de... eu não sei nem como se chama isso que você faz de sair xingando e chutando tudo e depois esquecer...

Reflexo: - Olha, como eu vivo na sua cabeça eu não tenho como pesquisar, mas se eu fosse deduzir alguma coisa, diria dupla personalidade, transtorno bipolar...

Filipe: - eu quero contar, mas eu não consegui, eu… eu simplesmente acordei e já tinha feito uma par de merda, e mesmo com as mãos queimadas, ela ainda me ajudou a costurar a cicatriz que eu mesmo fiz…

Reflexo: - ou essa menina é muito tonta ou ela tem um coração muito bom… ou ela tá tramando alguma!

Reflexo: - mas dá para culpar ela?

Reflexo: - Eu no lugar dela também tentaria te matar…

Então o reflexo faz cara de medo.

Reflexo: - ELA VAI TE MATAR!

Reflexo: - puta que pariu, ela vai te matar!

Reflexo: - e agora porra, como a gente faz?

Reflexo: - Se você morrer eu morro também!

O reflexo anda de um lado para o outro com as mãos na cabeça.

Reflexo: - você sabe que você vai ter que contar pra ela antes dela começar a tentar te matar né?

Reflexo: - ela é uma mãe porra, dá para ver nos olhos dela que ela vai fazer de tudo pra defender a vida dessa criança, então se ela sentir ameaçada por você, e sentir que precisa te matar, você vai morrer!

Filipe: - não, ela não me mataria, ela precisa de mim vivo pra proteger ela do RUC.

Reflexo: - Quem disse que tem que ser vivo?

Reflexo: - Você viu alguma notícia dizendo que sangue morto não protege?

Reflexo: - você viu alguém dizendo que esfregou sangue na cara e morreu mesmo assim?

Filipe: - não, mas também não vi ninguém dizendo que esfregou sangue na cara e o RUC ignorou, não dá para a gente saber...

Reflexo: - E se ela fizer uma transfusão, tipo, arrancar seu sangue e injetar nela antes de você terminar de morrer, no chão, com uma faca enfiada na cabeça...

Filipe: - com uma facada na cabeça eu ia morrer na hora...

Reflexo: - cê tá discutindo com você mesmo?

Reflexo: - patético...

Filipe: - continua dando ideia, eu já não tô com medo suficiente de morrer...

Reflexo: - olha, assim que você perceber que não tá me vendo, e tá em sã consciência, vai correndo contar pra ela...

Filipe: - eu quero contar pra ela, mas eu não tenho coragem, e se ela surtar?

Filipe: - E se ela me odiar pra sempre?

Reflexo: - ela vai te odiar pra sempre, não seja burro!

Reflexo: - ela com certeza vai te odiar, mas se você quiser sobreviver, parar de alucinar e parar de se cortar, você tem que contar, é a melhor chance que você tem pra parar de ouvir a voz dele de noite...

Reflexo: - é a melhor chance que você tem pra voltar a dormir, pra tentar ter uma vida de novo...

16:23

Filipe está batendo na porta do quarto de Carol decidido a contar para ela, porém ainda hesitando, com medo da reação dela.

Carol abre a porta do quarto e vê Filipe com medo.

Carol: -O que que foi Filipe, aconteceu alguma coisa?

Carol: - é o espelho de novo?

Filipe: - não, não me assustei mais com o espelho, quer dizer... droga, eu... eu queria te falar... eu queria te falar uma coisa...

Filipe: - eu queria falar a verdade para você!

Carol: - Desembucha Filipe, pode falar!

Filipe: - É que na verdade eu ainda tô vendo coisas no espelho, eu tô alucinando, eu queria ajudar a resolver isso, sendo bem honesto com você, às vezes eu esqueço as coisas que aconteceram, às vezes eu faço coisas que eu não queria fazer e depois eu fico me perguntando por que eu fiz aquilo!

Filipe: - Eu nunca faria aquilo em sã consciência, não é o tipo de coisa que eu faço…

Carol: - por que fez aquilo então?

Filipe: - eu nem… eu queria te pedir desculpa pelo jeito que eu tenho te tratado…

Carol: - eu não me sinto mais segura com você aqui, só não vou embora por conta da radiação, mas por mim eu tinha ido embora naquele dia que você me pegou pelo braço e me jogou no chão do seu quarto cheio de caco de vidro!

Carol: - Na verdade até antes, se não tivesse radiação eu teria ido embora quando você começou a jogar as coisas na minha cara, eu sei que eu tava errada de não fazer minha parte, mas mesmo errada eu tava com tanta raiva que teria ido embora se pudesse!

Carol: - eu sei que eu tenho que fazer a minha parte, mas se eu não ajudar… isso não te dá o direito de me tratar mal, de gritar comigo, muito menos de levantar a mão pra mim e me ameaçar!

Filipe: - Eu sei que não, eu nunca faria isso, eu não tava agindo por mim, é isso que eu tô tentando te dizer, eu não me controlei, eu não tô me controlando…

Carol: - tá, eu entendo que você não se sente culpado por isso, mas isso não me deixa com menos medo, na verdade o contrário, ao saber que você tá agindo sem controle, cê tá violento, fazendo coisas que não faria, só me deixa com mais medo!

Filipe: - eu pensei em alternar os horários, para você se sentir mais segura, eu não vou sair do quarto na hora que você tiver fora do seu...

Carol: - isso não vai funcionar, se você já jogou café fervendo nas minhas mãos involuntariamente, se você se cortou sem saber e escreveu coisa no espelho, qual garantia você me dá de que vai ficar dentro do quarto e não vai simplesmente sair ou não vai tentar invadir o meu quarto e me matar enquanto eu tô dormindo?

Filipe: - eu não sou um assassino!

Filipe começa a ver seu reflexo atrás de Carol, com o mesmo sobretudo preto, cabelo bem cortado, barba feita e os chifres agora um pouco maiores, olhando maliciosamente com um sorriso de canto de boca.

Reflexo: - Olha, eu discordo disso daí hein!

Carol percebe que Filipe ficou branco.

Carol: - o que que foi Filipe?

O medo que Filipe sentia agora se tornou ansiedade.

Reflexo: - você não vai ter coragem de contar pra ela, Filipe?

Reflexo: - conta, vai!

Reflexo: - CONTA!

O reflexo desaparece.

Filipe: - não foi nada, Carol!

Filipe: - Desculpa, eu só tomei um susto, pensei que tinha visto alguma coisa!

O reflexo aparece atrás de Filipe e chega bem perto do ouvido dele.

Reflexo cochicha: - acho melhor você contar logo, quanto mais você enrolar, mais nervosa ela vai ficar quando souber!

Reflexo: - você prefere que ela fale "você escondeu isso por três meses!" ou o que ela fale "você escondeu isso por quatro meses!"?

Filipe tapa os ouvidos e ela olha com cara de confusa.

Carol: - Filipe, o que que tá acontecendo?

Ela começa a ficar com medo, dá dois passos para trás e começa a pôr a mão atrás da porta lentamente, para fechar a porta e se trancar.

Filipe: - Nada não, é que…

Reflexo: - não adianta tapar o ouvido animal, tô na sua cabeça!

A voz na cabeça de Filipe começou a falar cada vez mais alto ao ponto de que Filipe mal conseguiu ouvir a voz de Carol.

Reflexo: - conta, conta, conta, conta, conta, conta, conta, conta…

Filipe: - PARA PORRA!

Carol desesperada fecha a porta, tranca e ele começa a bater com força na porta.

Filipe: - não Carol, espera, eu tenho que conversar com você, eu… eu queria falar com você!

Carol: - Deixa pra amanhã, quando você tiver melhor a gente conversa, por favor, vai embora, vai pro seu quarto!

Ele para, põe as mãos na cara e respira fundo.

Reflexo: - ué, por que cê não falou?

Filipe vai até o quarto e o reflexo caminha até a porta do quarto.

Reflexo: - o que que vai ter hoje pro jantar, Filipe?

Filipe ignora.

Reflexo: - qualquer coisa menos carne humana de novo, não aguento mais comer isso…

Filipe: - eu ia morrer de fome caralho!

O reflexo assume a aparência da mãe de Filipe.

Reflexo: - olha a boca rapaz, que falta de educação!

Reflexo: - vou lavar sua boca com água e sabão!

Filipe sente mais dor de cabeça e a cobre com o travesseiro.

Reflexo: - é brincadeira, não precisa esconder, não sou sua mãe!

O reflexo pega o travesseiro e joga longe, então Filipe olha para ele, e vê apenas uma forma sem rosto, coberta com um manto e capuz negros, flutuando, com mãos de esqueleto, segurando uma foice.

Reflexo: - faz as malas, eu vim te levar!

Filipe grita assustado, mas o reflexo volta a sua aparência de costume.

Reflexo: - zoeira!

Reflexo: - já percebeu que eu sempre acabo nossas conversas num monólogo falando "eu sou isso" "eu sou aquilo" e bla bla bla?

Reflexo: - já que sou coisa da sua cabeça, tem como cê criar uma namoradinha pra mim não?

Reflexo: - é tão vazio aqui... até deixo cê pegar minha costela se precisar...

20:34

Carol está no seu quarto, sentada no chão, chorando com as mãos cheias de bolhas, de costas para porta.

Carol pensa: "isso não pode mais acontecer, eu fui fraca de novo, eu tenho que estar pronta pra me defender, vou pegar uma faca e vou esconder comigo deixando na cinta, e aí se eu precisar, se ele for me agredir... se ele for me atacar... e aí se ele morrer o RUC me pega...

Droga, eu tenho que pensar direito, não posso matar ele, mas eu não posso ficar vulnerável, correndo risco dele surtar a qualquer momento e me matar, eu tenho que fazer um plano pra imobilizar ele, pra prender ele, não sei...

Já sei, vou pegar a arma dele!

Mas como eu faço isso sem ele perceber?

A arma tem que tá escondida em algum lugar, provavelmente no quarto dele!

Eu tenho que trancar ele pra fora do quarto enquanto eu procuro, mas ele pode pegar uma faca, aí se eu não conseguir atirar nele, ele me mata!

Tenho que trancar ele num lugar seguro, vou trancar ele no meu quarto, e aí sim eu vou no quarto dele procurar a arma!

Com a arma eu posso render ele, manter vivo até a radiação passar, pra eu poder ir embora daqui!

Já sei, depois que eu pegar a arma, eu posso trancar ele na lavanderia, lá ele vai ter água e ele se vira pra fazer as necessidades no ralo por pelo menos uns dois meses!

Aí eu jogo umas malas com dois meses de enlatado pra ele e nunca mais vou precisar destrancar a porta da lavanderia!

Carol só preciso de uma desculpa pra trancar ele no meu quarto, mas não agora ele tá muito transtornado, mais seguro amanhã!"

Ela deita para dormir.

28 de agosto de 2022 - 03:33

Filipe: - Carol, abre a porta agora!

Filipe: - abre a porta AGORA!

Carol: - o que que tá acontecendo?

Carol: - porque você quer que eu abra a porta?

Filipe: - abre a porta AGORA, ou eu vou derrubar essa merda!

Carol: - para Filipe, por favor, amanhã a gente conversa!

Filipe: - eu quero conversar agora, eu vou entrar aí e a gente vai ter uma ótima conversa!

Uma batida na porta estremece Carol, o estrondo é tão alto que ela começa a se perguntar com o que que ele está batendo na porta.

Do outro lado Filipe está com uma marreta batendo com toda força na porta que começa a amassar.

Filipe: - olha, achei que a porta era de chumbo, e pelo visto deve ser só algum metal!

Carol: - para Filipe, por favor!

Então Filipe bate mais uma vez na porta, e bate outra vez, e outra, e outra.

Já tem três protuberâncias de marretadas na porta a luz do corredor já começa a entrar pelas laterais.

Carol está chorando desesperada e começa a revirar o quarto procurando alguma coisa para se defender, ela joga a televisão no chão com tudo, pega um dos cacos de vidro da tela enrolando em uma camisa, para que ela consiga segurar sem cortar a mão.

As batidas não param, a parte de cima da porta já está dobrando para dentro de tantas marretadas, mas o trinco ainda está firme, Filipe então se estica para olhar pela parte de cima, que está amassando para dentro, e ele vê Carol com caco de vidro na mão.

Filipe: - Ah você tá armada?

Filipe: - você vai se defender então?

Filipe puxa uma pistola e tenta passar o cano pela fresta da porta amassada porém ele não consegue mirar direito e começa a disparar na direção da Carol, que solta o vidro deitando no chão com as mãos sobre a cabeça, ela começa a gritar chorando desesperada.

Filipe dispara quatro vezes, mas nenhum tiro atinge Carol.

Filipe: - eu vou abrir mais um pouquinho para eu ter certeza que eu vou te acertar!

Ele volta a bater na porta com a marreta e amassa a porta mais um pouco, ao ponto que ele consegue colocar o olho por cima e o cano da arma, então ele dispara contra a Carol e atinge a perna dela.

Ela começa a gritar de dor e desespero e ele volta a bater na porta.

Filipe: - não vou gastar a última bala e arriscar te deixar viva, só tem mais uma e essa vai ser na sua cara!

Ele começa a bater na porta enquanto Carol começa pressionar a perna sangrando, chorando desesperada, ela enrola uma outra camisa, que estava no guarda-roupa, em sua perna e aperta com força para tentar estancar o sangue.

Ela lembra que no livro de primeiros socorros que ela usou para fazer o curativo de Filipe, tinha também instruções para fazer um torniquete, então ela puxa a gaveta da cômoda e bate no chão, até ficar apenas uma tábua, pega a tábua que era lateral da gaveta, e enrola na camiseta para fazer um torniquete e estancar o sangramento de sua perna.

Filipe conseguiu passar o braço por cima e tenta destrancar a porta, porém quando ele passa o braço, Carol se levanta se apoiando na outra perna e golpeia a mão dele com um outro pedaço de gaveta que ainda estava com os pregos.

Os dois pregos cravam na mão dele e ele grita de dor puxando a mão, mas Carol percebe que, quando ele puxa a mão, ele puxa a chave junto, ela então volta a procurar o caco de vidro no chão, pega o caco de vidro e começa a apontar para a porta.

Carol: - fica aí Filipe, por favor!

Carol: - para, por favor, eu limpo o que precisar, faço o que você quiser, mas não me mata!

Filipe: - Ah você vai fazer o que eu quero, e depois eu vou te matar, e aí depois de morta, você vai fazer mais um pouquinho o que eu quero!

Ela está tremendo, desesperada e ele então entra.

Ela perfurou o braço onde ele segurava a arma, ele tenta atirar nela, mas ela consegue levantar a arma, então ele atira para o alto.

Filipe: - não é porque eu perdi a bala que não posso te matar!

Ele golpeia a cara de Carol com a arma, que á faz cambalear para trás desnorteada, então ele chuta a parte da perna onde ela foi baleada e ela cai no chão gritando de dor, depois ele dá um chute na barriga dela, e depois mais um, e depois, no terceiro chute ela tenta defender com os braços, mas é inútil.

Ela sente o gosto de sangue que começa a escorrer pela lateral de sua boca, ele então a agarra pelo pescoço e levanta ao ponto onde ela não consegue tocar o chão se não com a ponta dos dedos do pé.

Ela já fraca, tenta apertar o braço dele, Então ela acorda em sua cama.

Ela respira por um segundo, olhando ao redor até se dar conta de que tudo foi um pesadelo, e começa a chorar.

Carol pensa: "não dá mais, eu não consigo continuar vivendo com medo, eu não vou dormir mais nenhuma noite assim!".

A SUBIDA

04:18

Carol grita muito alto, destranca a porta e coloca a chave no bolso.

Filipe sai assustado do quarto, corre e bate na porta.

Filipe: - Carol, você tá bem?

Filipe: - eu ouvi você gritando, aconteceu alguma coisa?

Carol: - é o espelho, o espelho… o espelho tá falando comigo, ele tá se mexendo… o meu reflexo tá se mexendo!

Filipe: - posso entrar?

Carol: - rápido!

Ele entra e se aproxima do espelho correndo, ela que já aguardava do lado da porta saiu e trancou o Filipe lá dentro.

Ele olha para o espelho e vê seu reflexo sentado de perna cruzada na cama com a mão no rosto em desaprovação.

Reflexo: - seu animal, não percebeu o que aconteceu?

Reflexo: - ela não vai te matar, ela te trancou aqui, você não vai poder fazer mal pra ela estando preso e ainda vai conseguir proteger ela do RUC!

Filipe: - Carol, por que você me trancou?

Filipe: - abre a porta Carol!

Ele começa a bater na porta com força.

Carol: - me fala onde tá sua arma, isso tudo vai ser bem mais rápido se você me falar onde você pôs pra eu não precisar procurar!

Filipe: - pra que você quer minha arma, Carol?

Filipe: - O que você vai fazer?

Carol: - fala logo onde tá a porra da arma Filipe, eu não quero te fazer mal, porque aparentemente, você é tão vítima disso quanto eu!

Carol: - você não tá fazendo por maldade, você só tá louco!

Filipe: - por favor Carol, me deixa sair daqui pra a gente conversar, eu preciso te contar uma coisa!

Carol: - agora é tarde Filipe, eu não quero ouvir nada que você tenha pra dizer, por que sua outra personalidade diria qualquer coisa pra me enganar, eu não confio mais em você depois do que você fez com o café nas minhas mãos!

Filipe: - eu não vou falar onde tá a arma!

Carol: - uma hora você vai sentir fome, vai ter que falar, e eu só vou te alimentar se eu tiver armada!

Carol: - não vou mais me arriscar!

Filipe começa a bater na porta com força.

Filipe: - abre a porra da porta Carol!

Filipe: - abre a porta Carol!

Filipe: - ABRE A PORTA!

Carol então caminha até o quarto de Filipe e deita para dormir.

Carol pensa: "Tô cansada demais pra procurar isso e amanhã cedo ele vai ver que eu realmente estou falando sério e quem sabe ele me fala onde está… vai começar a bater fome, sede, ele vai ficar fraco…

 Eu não quero torturar ele, mas se eu precisar, eu vou fazer o necessário.

E eu finalmente vou dormir sem medo, depois de um bom tempo!".

10:03

 Carol acorda, vai até a cozinha, pega uma faca e vai até a porta do quarto dela falar com Filipe. Ela dá dois chutes na porta com a lateral do pé, apenas para fazer barulho.

Carol: - Filipe, acorda aí!

Carol: - FILIPE!

Filipe: - Carol, abre a porta por favor!

Carol: - tá pronto para falar onde está a arma?

Filipe: - por favor, não me mata, não faça nada que você vá
se arrepender, eu até hoje me arrependo de ter matado
aqueles caras…

Carol: - é por isso que você escreveu assassino no espelho e
depois me acusou?

Carol: - Olha, eu não tô aqui pra discutir, eu só quero saber
aonde tá arma, eu não vou te matar, eu só quero ficar segura!

Filipe pensa: "eu tenho que contar…".

O reflexo aparece sentado ao lado de Filipe, que estava
sentado na cama de Carol.

Reflexo: - sabe que não pode contar agora né?

Reflexo: - tipo, se ela já tá te deixando com sede, e cê contar
agora, é muito fácil de ela te deixar pra morrer de sede…

Reflexo: - você tem que contar quando puder olhar nos olhos
dela, pra tentar apelar pro sentimental, se quiser que ela te
perdoe!

Filipe não responde.

Carol: - Bem, você não tá pronto pra me responder ainda né?

Carol: - Talvez amanhã, com mais fome, mais sede…

Filipe: EU VOU MORRER AQUI!

Filipe: - Carol, por favor, abre a porta, se eu perder a consciência de novo, se eu me cortar de novo e morrer sangrando, você vai sentir que a culpa vai ser sua Carol, você não quer sentir essa culpa, abre a porta!

Carol deixa ele falando sozinho e vai para o quarto de Filipe, começa a vasculhar procurando a arma e em vinte minutos ela encontra um revólver desmontado na gaveta da cômoda, Então ela percebe que o tambor era dourado, assim como o revólver que Nick tinha comprado do Marcos, ela encaixa as peças do revólver e vai furiosa para porta do quarto onde Filipe estava preso.

Carol: - Por que que você tá com a arma do Nick?

Carol: - Por que você tá com a arma do Nick não me falou nada PORRA?

Ela começa a bater com a coronha da arma na porta.

Carol: - Me responde Filipe!

Carol: - me responde por que caralhos você tá com a arma do Nick e não me falou nada?

Filipe: - Na hora apareceu burrice largar um revólver no chão, se alguém aparecesse atrás de mim e pegasse o revólver poderia me matar, eu peguei só pra me defender e eu não te contei porque imaginei que você ia surtar ou ia querer ficar com ele, e eu tava com medo de você me matar quando eu ainda não te conhecia…

Filipe: - depois que eu te conheci melhor, parecia que era tarde demais pra te contar isso e você ia ficar com raiva por eu não ter contado antes, e acabou virando uma bola de neve…

O reflexo faz cara de espantado no espelho.

Reflexo: - hey! Eu te falei pra não contar enquanto tá preso, mas não mandei mentir mais né…

Filipe pensa: "E eu ia fazer o que, reflexo?

Se eu falar a verdade agora ela me mata, e se eu mentir você me julga porra?".

Carol: - Mas essa não é a única arma, eu te vi com uma pistola!

Reflexo: - cê me chamou de reflexo…

Carol: - cadê a porra da pistola, Filipe?

Reflexo: - eu não tenho nome?

Filipe fica em silêncio.

Reflexo: - eu meio que sentia que meu nome era Filipe também… mas pensando bem não faria sentido!

Reflexo: - reflexo não é nome…

Reflexo: - agora encuquei… eu queria um nome…

Carol volta para o quarto de Filipe e começa a vasculhar.

19:57

Carol está sentada na cama de Filipe, o quarto inteiro está revirado, ela não encontrou a pistola.

Carol pensou: "eu não posso desistir, eu tenho que continuar procurando!".

29 de agosto de 2022 – 06:08

Carol acorda na cama de Filipe ouvindo batidas na porta do seu quarto.

Filipe: - eu tô pronto Carol, eu vou falar, eu vou te contar!

Ele está sentado de lado escorado na porta, e o reflexo está sentado na cama, com um copo de água na mão.

Carol então engatilha seu revólver e se prepara na porta do quarto.

Filipe: - tá aqui comigo, a pistola, eu trouxe na cintura, achei que poderia ser alguma coisa… achei que você precisasse de ajuda quando gritou!

Carol: - Então você sabe que eu não posso abrir essa porta!

Filipe: - eu tô implorando, eu estou pra morrer de sede!

Carol pensa: "eu não posso deixar ele morrer, não só pelo peso na consciência, mas pra sobreviver!".

Ela vai até a cozinha, pega uma garrafa de água, volta até a porta do seu quarto e despeja a garrafa de água no chão.

Carol: - eu não vou abrir a porta, eu não quero morrer, mas eu não vou deixar você morrer... se tiver com sede de verdade vai beber no chão!

Filipe começa a chupar o chão bebendo água.

Reflexo: - tá dando beijinho, tá?

Reflexo: - passei a noite refletindo e quero que me chame de "Samael"!

Reflexo: - ah peraí, cê tá bebendo água é?

Reflexo: - no chão?

Reflexo: - por que não me pediu, meu copo tá meio cheio!

Reflexo: - ah cê é do tipo que vê meio vazio, é isso?

Reflexo: - não vai responder?

Reflexo: - quer saber por que "Samael"?

Filipe: - FICA QUIETO, PORRA!

O reflexo põe a mão na boca e faz cara de espanto.

14:58

Carol estava no quarto e tem uma ideia para pôr Filipe na lavanderia, ela vai até o estoque com a mala que trouxe suas roupas, foi enchendo com latas de milho e levando para a lavanderia, depois arrancou todos os varais, pegou a máquina de lavar, e pôs tudo para fora, arrastou até a sala e deixou na lavanderia apenas as latas, um abridor giratório para não deixar nada pontudo, a torneira e o ralo sem tampa e depois de tudo pronto ela foi até a porta do quarto.

Carol: - Filipe levanta!

Filipe: - por favor deixa eu sair!

Reflexo: - Eu acho que ele tá morrendo Carol, abre aí!

Reflexo: - você não me escuta né?

Carol: - eu vou abrir a porta, se você me obedecer!

Reflexo: - ih porra, acho que ela me ouviu!

Carol: - pega a arma e atira no guarda-roupa até descarregar o pente…

Antes que Carol terminasse a frase, ela pode ouvir os seis disparos contra o guarda-roupa e depois quatro clicks de Filipe apertando o gatilho com arma descarregada.

Carol: - agora joga arma no chão e fica com as mãos pra cima do outro lado do quarto!

Reflexo: - bosta, ela não tava falando comigo....

Filipe então bate na porta do guarda-roupa para Carol ouvir que ele está longe, ela abre a porta apontando o revólver de Nick para Filipe, que está tremendo.

Então ela pega a pistola descarregada ao lado da porta.

Carol: - vem até aqui Filipe, bem devagar!

Ele começa a caminhar e ela vai andando para trás no corredor, sempre mirando a arma na cabeça dele.

Carol: - agora vai pra lavanderia!

Ele caminha até a lavanderia, quando entra e vê as latas.

Filipe: - espera você me soltou de lá pra me prender aqui?

Então ele abaixa as mãos e vira para Carol que engatilhou o revólver.

Carol: - MÃO PRO ALTO, PORRA!

Reflexo: - tá maluco de abaixar as mãos?

Reflexo: - você tá querendo me matar é?

Reflexo: - "nos" matar... eu disse "nos" matar!

Filipe: - não me tranca aqui, espera só eu falar com você um pouquinho!

Carol começa a fechar a porta da lavanderia, então Filipe se ajoelha.

Filipe: - eu imploro Carol, escuta o que eu tenho pra dizer!

Carol: - você acha que se ajoelhar vai fazer eu sentir alguma coisa além de raiva?

Filipe: - só me dá uma chance, você vai querer ouvir o que eu tenho pra dizer!

Reflexo: - por que você fica pedindo pra contar ao invés de falar logo?

Filipe pensa: "porque se eu simplesmente falar que matei o Nick ela vai atirar, tenho que contextualizar, explicar tudo, e se eu começar a falar muita coisa ela não vai dar atenção, e vai sair andando antes de eu chegar na parte importante!".

Reflexo: - ah, o cara tem um plano!

Carol: - Então fala, você tem um minuto!

Reflexo: - é agora, ele vai falar!

Reflexo: - espera… não agora… não!

Reflexo: - não com ela apontando o revólver para tua cara!

Filipe: - aquela manhã que eu te encontrei no shopping…

Reflexo: - fodeu!

Filipe: - eu tava com aquele grupo, aqueles três caras que entraram no banheiro e te surpreenderam, eu tava sobrevivendo com aquele grupo Há uns meses a seis meses e a gente matou muita gente, eu devo ter matado umas 15 pessoas…

Reflexo: - foram 17!

Carol está com os olhos arregalados e a boca aberta, uma lágrima começou a escorrer em seu rosto.

Filipe: - aqueles três adolescentes, o Caio e os outros dois, estavam comigo quando eu perdi meu melhor amigo, o Júlio!

Filipe: - o Júlio ficou na minha casa e me ajudou por uns três meses depois que a Laura se foi, ele era tudo que eu tinha e quando ele morreu eu não sentia mais nada, então eu fiz o que foi necessário pra sobreviver...

Carol: - você matava as pessoas pra roubar elas, isso era necessário?

Filipe: - eu matava as pessoas pra comer, era necessário pra eu não morrer de fome, e esconder isso tava me matando por dentro!

Filipe: - esse abrigo não era de nenhum tio meu, o Caio viu um cara saindo desse abrigo e aí a gente matou o cara pra tomar o abrigo pra gente!

Filipe: - daí a gente não precisava mais de carne, tinha comida aqui, mas o Caio ainda tinha fome de carne ..

Filipe: - então ele inventou uma desculpa pra a gente explorar o shopping, até que ele ouviu o barulho no banheiro e a gente foi investigar!

Filipe: - eu fiquei do lado de fora e aí quando eu ouvi ele dizendo que você tava grávida, eu lembrei da Laura, ela dizia que não podia engravidar, mas quando ela me largou ela insinuou que podia engravidar e não quis!

Filipe: - ela insinuou que não quis engravidar por minha causa, porque não queria ter um filho meu!

Filipe: - meu sonho era ter um filho!

Filipe: - aquilo ativou um calor no meu peito, eu senti que se eu te salvasse, e essa criança nascesse, eu meio que poderia me sentir feliz de novo...

Filipe: - daí eu entrei lá e matei os três, eu achei que você tava sozinha e fiquei com medo de deixar você lá e esse bebe morrer, daí eu pus você no ombro e tava trazendo pro abrigo, quando o Nick apareceu na minha frente...

Nesse momento o coração de Carol parou, suas mãos tremiam e seus olhos ameaçavam chorar.

Filipe: - acho que ele pensou que eu estava te sequestrando, eu não sei, mas ele apontou o revólver pra mim, e pra me defender...

O reflexo está com saco de pipocas na mão, comendo atônito, olhando para Carol e Filipe.

Filipe: - eu matei o Nick...

Carol instantaneamente dá um tiro na cara de Filipe que cai deitado no chão, enquanto lágrimas mortas escorrem em seu rosto, ela calmamente anda até o corpo, para em cima dele e dá mais cinco tiros na cabeça.

O sangue quente espirra no rosto de Carol, e suas lágrimas geladas pingam sobre a cabeça desfigurada de Filipe, que agora integrava os azulejos brancos com o seu sangue e os estilhaços de seu crânio.

O som de seus disparos ecoa por todo o abrigo, o silêncio volta rapidamente e as gotas quentes de sangue que escorriam pelo rosto estático dela rapidamente se esfriam com o choque do ar que saía dos dutos de filtragem.

Por mais que o abrigo volte ao silêncio, a voz da consciência de Carol nunca esteve tão alta e ela gritava em sua mente: "o que aconteceu?".

Ela está de boca entreaberta olhando para o corpo daquele homem no chão, bem na sua frente, que agora está morto, iluminado pela luz amarelada da lavanderia.

O choque passa e Carol se abaixa, pega a arma que ela deixou cair no chão e põe no cinto da calça.

Carol pensa: "tenho que agir rápido, se existe alguma chance do sangue dele me salvar do RUC!"

Ela corre e pega um saco de lixo, rola Filipe para que o que restou de sua cabeça e todo o sangue que estava escorrendo caísse dentro do saco.

Com muito esforço, ela começa a levantar as pernas dele e apoia na parede para que ele ficasse inclinado, então Carol encaixa o varal no gancho de volta e amarra os pés de Filipe.

Puxando o varal, ele fica de cabeça para baixo, com a cabeça dentro do saco que começa a encher de sangue.

Ela pega um balde e põe embaixo do corpo, vai no refrigerador do abrigo e põe o sangue para congelar, depois vai até o banheiro, tira suas roupas, entra embaixo do chuveiro e começa a chorar, enquanto as gotas do chuveiro levam suas lágrimas misturadas com o sangue de Filipe se diluindo na água quente, Carol então dá o grito mais forte e alto que já deu em sua vida.

16 de novembro de 2022 – 09:03

Carol está sentada no sofá da sala com as mãos nas antenas do rádio, que está ligado sob mesinha de centro, porém chiando.

Carol pensa: "não adianta, essa porcaria não vai dar em nada!

Pode ser que como o abrigo tá todo revestido de metal, o sinal tenha mais dificuldade de chegar aqui!"

Então ela pega o celular e reproduz um vídeo de tempos mais felizes com o Nick, porém no meio do vídeo ela percebe que o celular está com sinal.

Carol pensa: "como é que isso ainda tem sinal?

Eu nem lembrava do meu chip!"

Então ela começa a tentar acessar a internet, mas os servidores de todos os sites que ela tentava acessar haviam caído, todas as redes sociais estavam fora do ar.

Carol pensa: "isso tem que servir para alguma coisa, eu tenho que achar um jeito de usar esse sinal para conseguir mais informação!".

Então Carol disca o número de emergência e ouve uma mensagem:

"Após o conselho de crises globais encerrar os conflitos entre as nações, as comunidades de organização nacional e segurança, Comons, agora foram repaginadas, sob novo título, comunidades de organização global de segurança, as Comogs.

Com o intuito de trazer a segurança para toda a população, a proteção contra o RUC e reestruturar a nossa sociedade, que foi abalada por esta crise, convocamos todo cidadão sobrevivente para integrar as Comogs e reerguer os pilares da sociedade.

Você tem o direito à segurança e proteção, e nós precisamos de toda ajuda possível.

O ponto para resgate, recrutamento e reencontro segue o mesmo das Comons, em todas as estações de trem do país terá uma equipe, que parte todos os dias às 5 horas da tarde levando os sobreviventes para as comogs.".

Carol olha ao redor e vê que o rack da televisão tem rodinhas, então ela desparafusa e fica com uma prancha com rodinhas, e começa a estocar latas de comida na mala, ela pega cinco garrafas de meio litro com sangue congelado e uma mão de Filipe que estavam no freezer, e põe na mala, depois ela põe todas as balas das armas, a pistola de Filipe, a capa de bombeiros, a máscara de tinta que ela usava quando chegou e em outra mala suas roupas o celular e um carregador. Então ela veste um EPI específico para proteger contra a radiação, que já estava guardado no abrigo, ela veste um cinto de Filipe por cima da roupa improvisando um coldre para o revólver de Nick, que destaca o quanto a barriga de Carol cresceu desde que entrou no abrigo.

Carol pela primeira vez em meses abre a porta do abrigo, põe a prancha com rodinhas do lado de fora, posiciona as malas e enrola com um varal, para que não caiam, põe na cinta também a mão de Filipe, e parte iniciando sua jornada em direção ao apartamento de Nick, mas percebe que do lado de fora tudo está do mesmo jeito que quando ela entrou, a neve alta cobrindo os carros, e os prédios estão queimados e destruídos.

Carol pensa: "não sei se é o sangue do Filipe morto que me protegeu do RUC esses dois meses, mas vou levar por precaução!

O RUC pode já ter ido embora do país, mas não custa nada me prevenir!

Talvez o Cristian ou a Cristiana na minha barriga tenha puxado o tipo sanguíneo do pai e esteja me protegendo sem eu saber, o que importa é que se eu ficar sozinha nesse abrigo por mais tempo eu vou ficar mais doida que o Filipe!".

10:42

Carol estava caminhando e puxando a prancha com suas malas, usando uma correia improvisada de cinto, e quando ela se aproximava do apartamento do Nick, viu um cavalo muito magro cheirando o chão como se procurasse comida a uns 100m de distância.

 Carol solta a cinta com as malas, pega uma lata de legumes, abre e começa a se aproximar lentamente do cavalo de forma furtiva para não assustá-lo.

Ela começa a ter medo de ele ser hostil ou agressivo, então ela pega o revólver e destrava para caso precise, porém ao chegar mais próxima do cavalo, ele se mostra dócil.

Ela guarda o revolver de volta na cinta, despeja parte dos legumes na mão e dá na boca do cavalo.

Carol pensa: "se eu conseguir montar este cavalo, eu posso levá-lo pra comunidade, e caso ele não seja útil pra mim usar lá, posso usá-lo como moeda de troca por algo que eu precise!

Eu não andava muito no abrigo, e ainda mais agora que minha barriga tá enorme, eu tô cansando muito rápido".

Enquanto o cavalo faminto lambia os restos dos legumes na luva de Carol, um homem idoso, magro, com cabelos e barba brancos e longos, vestindo uma espécie de túnica branca improvisada com algum lençol ou cortina, surge de dentro de um prédio.

Idoso: - eu agradeço por alimentar ele, mas vou ter que pedir pra não levar ele embora com você, ele é meu melhor amigo!

Carol: - eu vi que ele estava com fome e achei que ele não tinha dono, me desculpa Senhor!

Ela põe a lata no chão, na frente do cavalo, vira de costa e volta a caminhar para sua mala, mas com a mão em cima do revólver, pronta para puxar se for necessário.

Idoso: - ô, minha filha!

Carol para, coloca o dedo sobre o gatilho, aperta o cabo do revólver com força, fecha os olhos e respira fundo.

Ainda de olhos fechados, de costas para o idoso ela pensa: "não faça nada estupido, senhor!".

Carol: - sim!

Idoso: - eu não tenho nada pra te oferecer em troca, mas essa pode ser minha única chance de comer alguma coisa que não esteja estragada nessa semana!

Idoso: - então não posso perder a oportunidade de pedir... por mais envergonhado que eu fique...

Carol interrompe: - não se preocupa, eu já entendi, e eu trouxe um pouco a mais do que eu vou precisar!

Ela vai até a mala, tira quatro latas, volta até ele e entrega.

Idoso: - Obrigado minha filha, como é seu nome?

Carol: - Carol, e o seu?

Idoso: - é Miguel, e esse garanhão aí é o Leviathan!

Miguel: - você poderia se sentar comigo e ter uma refeição?

Miguel: - tem muito tempo que não vejo ninguém!

Então ele olha papa o cavalo.

Miguel: - ninguém que responda quando eu falo, he he he!

Carol pensa: "suspeito, mas sei como ele se sente, passei umas sete semanas ou mais sozinha, é bom finalmente conversar com outro ser humano... talvez ele queira ir comigo pra Comogs"

Carol: - tá bom, por que não...

Miguel: - vem comigo, eu tenho uma fogueira aqui dentro...

Ele caminha lentamente, apoiado em um pedaço de madeira, pelo prédio queimado adentro.

Ela, assustada, põe mais uma vez a mão sobre o revólver e começa a entrar, desconfiada, prestando atenção em cada som e cada movimento em seu campo de visão.

Então ela escuta alguns ruídos atrás de uma parede próxima a ela, e rapidamente puxa o revólver, apontando para a direção de onde veio o misterioso barulho.

Miguel: - Não precisa ter medo, não tem ninguém aqui além de mim, não é uma armadilha, esse barulho deve ser dos malditos ratos!

Carol: - é exatamente o que você diria pra me acalmar se fosse uma armadilha!

Miguel: - essa mão na sua cintura é do ultimo que fez uma armadilha pra você?

Miguel: - se eu tivesse planejando algo ruim já teria desistido quando vi isso!

Miguel: - mas tudo bem, se você se sente melhor assim, pode continuar!

Miguel: - não sei como eles sobreviveram às bombas e aos incêndios, mas eles estão espalhados pelo prédio inteiro, eles tomaram esse lugar depois que todos os humanos que estavam aqui morreram!

Miguel: - essas pestes fizeram a festa com o corpo de muita gente que não sobreviveu...

Miguel: - pelo menos, de fome eu não vou morrer, tem tanto rato que fica fácil de caçar!

Carol sente nojo mas não demonstra reação para não ofender Miguel.

Quanto mais eles andavam, maior era a impressão de que Miguel estava levando ela para uma armadilha, e com o revólver em mãos ela começa a mirar de um lado para o outro, enquanto o Miguel na frente á guiava para o canto mais assustador daquele resíduo carbonizado do que uma vez foi um hotel.

Miguel: - senta aí!

Então ele enfia a mão embaixo de uma pedra e tira uma pederneira, risca a pedra em cima de um algodão em um jornal amassado, em cima de lascas de madeira já chamuscadas.

Ao acender a chama ele puxa uma grade improvisada com um fritador de batatas, abre as latas e põe em cima da grade para esquentar.

12:39

Carol vai percebendo que não tem perigo, e quando relaxa um pouco, tem um momento agradável com Miguel, mas após comer ela se lembra que tem que continuar sua jornada.

Carol: - o senhor tem certeza que não quer ir?

Miguel: - não, eu não tenho mais utilidade pra sociedade, e eles iam querer o Leviathan, pra serviços perigosos, talvez ele não recebesse mais o mesmo amor e carinho que eu ofereço, por mais bem alimentado que seria…

Carol: - então, quando sentir fome, vai naquele abrigo que eu mencionei, eu deixei muitas latas lá!

Carol parte dali puxando suas malas, e quando ela está chegando na frente do prédio de Nick, ao mesmo tempo em que uma azia arde em sua garganta, um estrondo arde em seus ouvidos, como se algo muito pesado caísse na neve, ou algo caísse com muita velocidade.

Ela olha para trás com o susto que tomou e vê uma mancha parecendo uma bola cinza escuro afundada na neve, em frente ao prédio onde aquele idoso ficou, a bola cinza começa a se desdobrar em uma criatura alta, de aproximadamente 4 metros de altura, a criatura parecia estar usando um pano cinza escuro, como um lençol de fantasma, porém os buracos para os olhos brilhavam em uma luz branca tão intensa que se tornava chamativa, em suas mãos este manto que cobria contornava os dedos perfeitamente, como uma luva, porém nas pontas, garras enormes se estendiam rasgando este "tecido". Na parte de baixo não tinha uma aparência de calça, era mais semelhante a um vestido, e tinha um aspecto rasgado, mas não dava para ver os pés da criatura.

Um par de chifres rasgava o "tecido" em sua cabeça, se estendendo em uma leve curvatura para dentro.

 A criatura ia lentamente se esticando e se levantando, então abriu lentamente um par de asas que também apareciam como se rasgassem o "tecido" nas costas da criatura.

Carol tinha certeza era o RUC. Ela ficou ali, imóvel, olhando para criatura sem conseguir fugir.

Carol pensou: "é ele?

É, com certeza, mas ele não tinha asas nos desenhos que vi!

Será que o sangue do Filipe é o suficiente?".

 A criatura enfia a mão dentro do prédio, derrubando grande parte da estrutura e agarrando Miguel.

Carol estava com os olhos arregalados assistindo a situação enquanto o RUC tira a mão segurando Miguel dentre a fumaça de poeira que cobria o chão após a destruição que aquele monstro causou.

Miguel se debatia e gritava em súplica por piedade aquando viu Carol.

Miguel: - Carol, me ajuda, por favor, pelo amor de Deus, atira nele, rápido!

Carol pensou: "se a bomba nuclear que jogaram na criatura no começo da merda toda não a matou, e a emboscada do exército chinês fuzilando e tacando granada não fez nem cócegas, eu só ia gastar bala e talvez até chamar a atenção dele pra me levar também!".

Carol engoliu seco, uma lágrima começou a sair do seu olho, ela respirou fundo, tirou a mão de cima do revólver e agarrou a mão congelada com tanta força que teve a impressão de sentir rachar.

Carol pensou: "eu devia ter perguntado pra ele se ele era PV, eu podia ter deixado um pouco de sangue do Filipe com ele, se bem que eu nem sei se isso é efetivo... eu tô perto de um ataque agora, talvez se o sangue funcionasse a criatura não teria nem descido aqui, por outro lado pode ser que a criatura só não tenha me pegado por conta do sangue de Filipe!".

A criatura segurando o idoso pelo braço vira seu rosto para cima e sem mexer as asas e simplesmente sobe como um raio desaparecendo dentre as nuvens de fumaça.

O coração de Carol está acelerado, e sua respiração ofegante, ela nunca sentiu tanto medo em sua vida.

Carol pensa: "eu tenho que manter a calma, o estresse pode fazer mal para o meu bebê!".

Ela respira fundo, fecha os olhos apoia a mão na parede mais próxima enquanto conta até dez, quando sente que está mais calma ela vira para frente.

13:06

Ela desce as escadas que trazem centenas de lembranças, o que faz parar por um momento, põe uma mão na barriga emocionada e outra na lombar que ardia como se Carol tivesse levado uma pancada.

Carol: - a mamãe e o papai passaram muito tempo nessas escadas…

Carol: - "só de namorico", como dizia a vovó!

Carol: - dei tanta risada sentada nesse mesmo degrau…

Então, sorrindo, ela volta a descer, para na porta do apartamento do Nick, entra no apartamento ao lado, e procura no esconderijo que Nick havia descrito no diário onde colocou as alianças, e chorando por dentro da mascara do EPI, ela pegou a caixinha e pôs na mala.

Carol: - melhor a mamãe não tirar as luvas agora, né bebê?

Carol: - você é um "pimpolho" ou uma "pimpolha"?

Carol: - não tá pronto pra contar pra mamãe ainda, né?

Ela sorri.

Carol: - É, melhor não contar não, nem pense em sair daí esse mês!

13:38

Carol olha para frente e pode avistar dois soldados usando trajes do Bope, com mascaras de gás, posicionados na frente da estação de trem, Então ela começa a correr em direção aos soldados, feliz.

Carol pensa: "finalmente acabou!".

A GAROTINHA

19:42

Carol está chegando à cidade com os soldados.

 Eles vieram em dois carros grandes, adaptados para neve, e ao chegar perto da comunidade Carol vê que eles estão usando um condomínio residencial.

Carol: - por que escolheram um condomínio pra essas "comogs"?

Soldado: - por causa dos muros!

Carol: - e por que precisam de muros se o RUC vem de cima?

Soldado: - porque existem saqueadores que seriam felizes com nossos recursos, sequestradores que querem levar PP's, e tem também um grupo extremista religioso que adora o RUC e se esconde em hospitais...

Chegando ao portão um dos soldados desce do carro e fala com outro soldado do lado de dentro, depois volta para o carro enquanto o outro soldado abre portão, eles entram e Carol é deixada de frente ao edifício B.

Soldado: - é isso Carol, você vai ficar com o apartamento 10, no primeiro andar, se recompõe e descansa e amanhã às 8 horas da manhã você tem uma consulta com o doutor, com o nosso supervisor de recrutamento e o seletor de funções, tudo no prédio A!

Ele entrega uma chave na mão dela.

Carol: - Certo, muito obrigado, rapazes!

Ela percebe muitos olhares curiosos dentre as janelas dos apartamentos, entra no prédio, sobe as escadas, chega até a porta do seu apartamento, abre, entra e tranca de volta, então ela suspira aliviada e dá uma bela olhada no apartamento.

Carol pensa: "a decoração é bem básica, sem tapetes, colchas para cama, as cortinas e cobertas são brancas, sem toalha na mesa e as paredes brancas iguais as do abrigo... vou resolver isso assim que der, mas eles se esforçaram pra deixar confortável, deve ter sido muito trabalhoso restaurar os dois prédios depois das bombas!".

"Se bem que eu nem sei se esse prédio chegou a pegar fogo com os incêndios ou se os bombeiros conseguiram proteger esse lugar... bem, não é hora pra isso, vou deitar e descansar!".

17 de novembro de 2022 – 09:16

Doutor: - então, seu bebê tá muito bem, embora você tenha que comer um pouco mais!

Doutor: - fora isso ele tá saudável, deixei aqui marcada pra você uma consulta semanal pra nós acompanharmos essa gravidez!

Carol: - mais uma vez, muito obrigado, por um momento, quando eu tava lá fora, eu achei que nunca mais ia ver um médico na minha vida!

Ela se levanta do consultório improvisado na cozinha de um apartamento, pega uma pilha de papéis na mesa, põe em uma pasta e põe a pasta na mochila.

Carol: - onde é mesmo que eu encontro aquele seletor e o recrutador?

Doutor: - no andar de cima, na primeira porta!

Carol: - obrigada mesmo doutor!

Ela sai, avisa o próximo cliente na sala de estar do apartamento, que improvisa uma sala de espera.

Subindo as escadas ela percebe que algumas pessoas curiosas estão olhando para ela do final do andar, então ela entra na sala, onde o recrutador já esperava por ela.

Recrutador: - oi você deve ser a Carol, né?

Recrutador: - meu nome é Arão e ele é o Davi, o Seletor de tarefas, eu li o relatório que o soldado Vermelho 23 fez sobre você, e não se preocupe com os curiosos que ficaram te olhando, sempre que chega alguém novo eles ficam assim, mas é só até te conhecer melhor, garanto que fará ótimos amigos aqui dentro!

Davi: - seja bem-vinda, Carol!

Carol: obrigada!

Ela se senta.

Arão: - você fazia o que antes…

Carol interrompendo: - Antes dessa merda toda, eu tinha acabado de me formar, eu trabalhava como corretora na agência dos meus pais.

Davi: - hum, então você tem uma noção de decoração, restauração e estrutura…

Carol: - sim, aprendi a ajudar no planejamento de reformas e outras coisas do tipo…

Carol: - não é o que eu fazia na prática, mas aprendi um pouco sobre!

Arão: - ainda assim, já ó melhor do que o que temos aqui!

Davi: - então Carol, fala pra gente sobre você!

Carol: - na minha infância, eu era feliz c não sabia, acho que todo mundo percebeu o quanto tinha uma vida boa, e não valorizava isso… depois que deu merda, a gente começou a valorizar…

Carol: - é que eu achava que minha vida não era nada demais, era normal né, mas aí veio o Nick, ele era meu melhor amigo, e era perfeito… quando eu percebi, já não me via sem ele…

Lágrimas escorrem dos olhos dela

Davi: - Você tá bem?

Carol: - tô sim, desculpa!

Davi: - sem problema, continua por favor!

Carol; - eu e o Nick éramos amigos inseparáveis e a gente passou o ensino médio inteiro grudados, quando eu percebi que não queria ficar sem ele, a gente namorou até minha formatura da faculdade!

Carol: - foi então que começou tudo, teve os relatos e o escândalo na internet, só que até aí ninguém podia ver uma luz no céu que virava escândalo na internet, então no começo eu não dei muita atenção pra isso, até que eu vi na televisão, aí eu acreditei!

Carol: - na televisão tava dizendo que a criatura atacava com base no tipo sanguíneo e que o Nick era um PP, e eu uma PV!

Carol: - isso pra mim foi a desculpa perfeita pra fazer o que eu já queria há muito tempo, comecei a dormir com o Nick, na casa dele…

Carol: - nesse momento o ele já tinha conquistado o apartamento dele, ele era meio nerd e tal, trabalhava com computador e essas coisas, então ele meio que já ganhava um salário mínimo só com os planos de internet que ele arrumava fazendo gato no prédio dele!

Davi: - caramba, o cara era bom, ele fazia gato pro prédio inteiro?

Carol: - é que não era um prédio muito grande, e não era literalmente todo mundo, digamos metade... bem, agora já não importa mais!

Carol: - daí as bombas começaram a cair, todo mundo que a gente conhecia daquele prédio já tinha sumido...

Carol: - nossos amigos e conhecidos tinham tentado fugir para outra cidade, outro estado, ou saíram na época que tava todo mundo fazendo caos nas ruas, invadindo os mercados e roubando tudo!

Carol: - na época tinha gente se matando na rua por latas de comida!

Carol: - eu ainda trocava mensagem com os meus pais, antes da internet cair de vez, mas depois eu perdi eles também!

Carol: - quando perdi o contato com eles tava difícil de sair do apartamento, então depois que a poeira da bomba baixou eu saí pra procurar eles, e só achei os corpos, queimados no apartamento!

Carol: - pouco tempo depois eu descobri que tava grávida, tipo, a gente meio que já suspeitava sabe...

Carol: - e no dia que eu fiz o teste, o Nick faleceu...

Carol conta tudo que aconteceu no abrigo do Felipe.

Carol: - E daí ele me disse que ele matou Nick, então eu matei ele no mesmo segundo, eu nem deixei ele terminar a frase!

Arão: - você se considera uma pessoa vingativa Carol?

Carol: - se eu pudesse voltar naquele momento eu não teria matado ele...

Carol: - não porque eu não me considero vingativa, mas ele meio que não quis matar o Nick e ele já tava sendo torturado todos os dias pelo que ele fez!

Carol; - e pra ele ter me contado, é porque ele, com certeza, se arrependeu!

Carol: - mas daí vem a raiva... eu lembro que meu filho vai crescer sem pai por culpa dele, lembro que ele ameaçou me por pra fora pra eu perder o meu bebê...

Carol: - eu acho que teria matado ele sim... talvez demorasse um pouco mais, mas no final eu ia matar ele!

Davi: - entendo...

Carol: - não sou vingativa, mas se for uma ameaça pro meu bebê e eu tiver uma chance, menor que seja, eu vou matar!

Davi: - então Carol, agora que a gente te conhece, você sabe que a gente precisa da sua ajuda aqui, todo mundo tem que fazer sua parte, e o que a gente pode te oferecer é um cargo como chefe de imóveis!

Carol: - chefe de imóveis?

Davi: - é que... eu inventei isso agora... mas você pode tomar todas as decisões a respeito dos prédios, escolhas estéticas pra ajudar as pessoas que chegam a se sentirem acolhidos.

Davi: - cê vai escolher quais prédios são melhores pra reformar, o que fazer, quais materiais vamos precisar, distinção de apartamentos, localização de acordo com a utilidade de cada morador pra sociedade...

Davi: - e futuramente a gente pretende construir uma horta, você vai ser meio que engenheira chefe, ao mesmo tempo decoradora chefe, designer de interiores e arquiteta... pelo menos até a gente recrutar outras pessoas que também sejam dessa área, e aí a gente vai dividindo melhor!

Davi: - ou se preferir, meio que ignorando tudo que você estudou, você poderia ser soldado, porque a gente tá precisando muito de gente pra defender esse lugar, você é determinada, corajosa, destemida e passou pelo inferno!

Arão: - exato, você pode não ter experiência militar, mas com o treinamento certo pode se tornar o melhor dos soldados!

Davi: - treinamento a gente adquire, mas a coragem e a garra que você tem, isso não tem treinamento que ensine!

Carol: - Bem, então eu vou ajudar com os prédios até o meu bebê nascer, no tempo livre eu vou treinar e quando der pra deixar meu bebê com alguém aqui eu vou ser soldado!

Davi: - ótimo, cê vai adorar nossa escolinha!

23 de julho de 2022 – 10:31

Carol vestia um uniforme tático utilizado pelo BOPE antes da queda da sociedade contemporânea, ela e o soldado Vermelho 18 também usavam uma máscara de filtro de ar, tudo na cor preta, eles estavam em uma carruagem feita com metade da carcaça de um carro, sendo puxada por Leviathan, com seus pelos amarelados, em um mundo onde com o passar dos anos, a natureza seguiu seu curso, se reajustando após os efeitos catastróficos das bombas.

 O rigoroso inverno passou, e as estações naturais voltaram aos poucos a sua normalidade, mas a falta das mãos humanas abriu um leque de possibilidades para que a natureza prosperasse, então uma predominância verde tomava conta das ruas, e ervas daninha cobriam as paredes que ainda restavam de pé, e o canto de pássaros era inevitável de se ouvir.

Bandos de cachorros que se tornaram hostis eram normais de se avistar, porém perigosos, assim como cobras, ratos, pombos, sapos e todo tipo de insetos que também prosperaram com a escassez de seres humanos, então era comum que saqueadores comessem cachorro pelo menos uma vez por semana, assim como os bandos de cachorros comerem as pessoas que se encontrassem em desvantagem.

Nas comogs, as plantações já prosperavam, os galinheiros e lagos artificiais eram as fontes principais de proteína e os soldados sempre patrulhavam o perímetro ao redor para evitar eventuais infestações de pragas, então era comum que durante a noite, alguns moradores das comunidades, que se reuniam para jantar e confraternizar contassem histórias sobre criaturas com mutações que eram passadas de boca em boca se tornando lendas urbanas pós-modernas.

Vermelho 18: - Quando a gente voltar pra Comogs eu vou cobrar do Davi aquelas férias que ele tinha garantido pra gente!

Carol: - a gente não conseguiu nem as férias que ele prometeu quando mandou a gente derrubar aquela base de fanáticos na Bahia!

Vermelho 18: - Pois é, a gente é pau pra toda obra né, Vermelho 42?

Carol: - positivo, Vermelho 18!

Carol: - a base da Bahia tá com problema?

Carol: - manda o 18 e a 42!

Vermelho 18: - Problema no litoral do Espírito Santo?

Vermelho 18: - manda o 18 e a 42!

Carol: - Opa, aí não 18, aquela vez no Espírito Santo foi o mais próximo que a gente teve de férias!

Carol: - a gente resolveu a operação em um dia e passou o resto da semana de boa na praia…

Vermelho 18: - de boa entre aspas né 42?

Vermelho 18: - Você ficou todos os dias reclamando de saudade do seu bebê!

Carol: - sabe o quanto uma criança cresce em uma semana?

Vermelho 18: - então aquela vez na Bahia também não conta, não mandaram só a gente, mandaram todo esquadrão vermelho...

Carol: - mas só voltou metade!

Vermelho 18: - chamo isso de azar!

Carol: - Eu chamo de sorte, fazer parte da metade que voltou!

Carol: - E como é que o gênio do vermelho 21 foi capturado mesmo?

Vermelho 18: - bem, ele tava na estação de Osasco com a equipe, fazendo recrutamento de rotina, daí ele ficou do lado de fora com vermelho 27, e você sabe como é que é chato ficar lá, só esperando aparecer alguém, e como lá é bem pertinho da onde caiu a bomba, o vermelho 27 relatou que o vermelho 21 disse ter visto um animal mutante, ele falou que parecia um cachorro de duas cabeças... alguma coisa assim!

Vermelho 18: - Aí o 21 começou a seguir o bicho, só que ele fez muito barulho com o fuzil pesado, então ele teve a brilhante ideia de deixar a arma e o cinto de facas com o vermelho 27!

Carol: - um visionário!

Vermelho 18: - Pois é, ele disse que capturasse esse animal, poderia mostrar pra todo mundo na Comogs!

Vermelho 18: - Daí ele seguiu esse tal cachorro mutante até uma farmácia ali perto, só que nessa farmácia um grupo de saqueadores tava escondido pra bater um rango!

Carol: - "Bater um rango"?

Vermelho 18: - não implica, todo mundo fala assim!

Carol: - ninguém fala assim!

Vermelho 18: - continuando com a parte relevante da história…

Carol: - Desculpa aí, continua!

Vermelho 18: - cinco saqueadores apontaram as armas pra ele e falaram que se ele abrisse a boca ele morria, mandaram ele chamar o Vermelho 27 lá de dentro da farmácia, ele chamou…

Carol: - e sem usar nenhum código de segurança?

Vermelho 18: - até aí eu concordo com ele, se ele usa um código de segurança e o 27 já chegasse atirando, ele ia tá bem no meio do fogo cruzado…

Vermelho 18: - aí eles ficaram com as armas do 27 e mandaram ele pra Comogs!

Vermelho 18: - falaram: "amanhã, às onze da manhã, é pra você trazer 50 latas de comida, vem só duas pessoas e se a gente sonhar que tem um terceiro soldado chegando perto, ele morre antes de vocês chegarem aqui…".

Vermelho 18: - aquela troca de refém tradicional, isso já existia até antes do fim do mundo…

Carol: - quer revisar o plano, 18?

Vermelho 18: -suas ordens foram claras, 42!

11:03

Então eles chegam a frente à farmácia, e cuja entrada era de vidro antes das bombas, agora sobrando apenas um muro de aproximadamente um metro com um espaço no meio onde ficava a porta, que também era de vidro. Do lado de dentro os saqueadores organizaram as estantes, agora em péssimo estado, onde ficavam os produtos para improvisar uma parede que fechava as laterais, deixando um corredor livre no centro, do balcão do caixa em direção à entrada.

Vermelho 18 e Carol descem da carruagem com seus fuzis em mãos.

Vermelho 18: - AÍ, a gente chegou com o combinado!

Então dentre as prateleiras vazias surgiram dois saqueadores apontando fuzis para Carol e Vermelho 18 um deles usava o uniforme do vermelho 21 e o outro parecia um adolescente, logo depois surgiu Vermelho 21 vestindo trapos, cheio de sangue e se arrastando pelo chão com um dos seus olhos roxo.

Atrás do balcão surgiram dois saqueadores, um de cabelo azul e outro com a cara enfaixada, apenas com os olhos para fora, ambos apontavam seus fuzis para o vermelho 21.

Saqueador de uniforme: - armas no chão!

Carol acena com a cabeça para Vermelho 18 que põe o fuzil no chão lentamente, logo depois dela, ele vai atrás dos cavalos, pega as duas caixas de enlatados e posiciona bem na frente da farmácia.

O saqueador adolescente vai até eles, revista Carol e o vermelho 18, depois ele tira o cinto de facas deles e joga para o saqueador de uniforme, que está na entrada da farmácia.

Então o saqueador adolescente põe as armas dentro da farmácia, atrás do muro da direita da entrada, e volta para buscar as caixas com as latas e leva para trás da parede de prateleiras.

Carol: - esse não era o combinado!

Saqueador de uniforme: - pega esse mané e vaza, porra!

Carol entra na farmácia, e ajuda o Vermelho 21 a levantar.

Carol: - o que faz você pensar que essa farmácia não está cercada de soldados?

O saqueador de uniforme olha para cima de um pequeno prédio de três andares atrás de Carol, de frente para a farmácia.

Saqueador de uniforme: - ele!

Daí aparece um cara com um fuzil lá em cima apontando para Carol.

Saqueador de uniforme: - ele viu vocês chegando, e se vocês estivessem com mais alguém, ele teria visto de longe, avisado pelo rádio, e quando chegassem vocês só encontrariam os pedacinhos do amigo de vocês!

Carol: - entendi!

Ela leva o 21 até a carruagem, ajuda ele a entrar, se abaixa dentro da cobertura da carroceria para que os saqueadores não a vejam e pega, embaixo do banco, o revólver com tambor dourado e um cinto de granadas, coloca o cinto em volta do seu pescoço com a cabeça ainda abaixada, enquanto para chamar atenção, o vermelho 18 se aproxima do muro à direita da entrada da farmácia, onde o saqueador adolescente colocou as armas.

Vermelho 18: - deixa a gente levar pelo menos uma, pra caso a gente seja saqueado no caminho ou encontre com aquele culto...

O saqueador de uniforme e o saqueador em cima do prédio apontam para o vermelho 18.

Saqueador de uniforme: - se aproxima mais que a gente te enche de bala!

Carol sai da cobertura da carroça atirando com seu revólver na cabeça do saqueador em cima do prédio, que ao tomar o tiro cai lá de cima no meio da rua.

O vermelho 18 se deita no chão e quando o saqueador de uniforme se vira para atirar em Carol, vê a granada na mão dela e tenta correr, ao mesmo tempo ela arremessa a granada por cima do muro da esquerda da porta da farmácia, explodindo o saqueador de uniforme.

O cavalo se assusta com os barulhos e sai correndo levando a carruagem com o Vermelho 21 dentro.

Carol, que se abaixou na frente do muro da direita ao lado do Vermelho 18, joga uma granada de flash no corredor da farmácia, cegando os três saqueadores que haviam começado a atirar.

Ela pula o muro, sorrateiramente, vai para trás do saqueador adolescente, quebra o pescoço dele, e posiciona o corpo no chão com cautela para não fazer barulho.

Daí ela contorna a prateleira e vê que os dois saqueadores restantes estão escondidos atrás do balcão, esfregando os olhos.

Pela frente do balcão, ela atira na cabeça do saqueador enfaixado e se abaixa rápido, enquanto o outro saqueador, sem enxergar nada, começa a atirar para todos os lados até que sua arma descarrega, ela se levanta e atira na cabeça dele também.

 O sangue quente espirra na máscara de Carol.

Ela caminha até a caixa com as latas e leva para fora deixando ao lado do vermelho 18, ela estende a mão para ele, ajudando ele a levantar.

Carol: - vou subir no prédio onde o saqueador tava mirando na gente pra ver se eu acho aquele animal medroso e o nosso cavalo!

Vermelho 18: - Sim senhora, 42!

Carol entra no prédio escuro e começa a subir as escadas, chegando à escada do terceiro andar ela sente que está sendo seguida, ela ouve passos, então ela se vira rapidamente levantando o revólver e apontando para uma garota de aproximadamente 10 anos, que está vestindo um vestido rosa e tem cabelos loiros trançados.

A garota estava subindo correndo em direção a Carol, com uma faca na mão.

Carol bate com o cano da arma na cara da garota que cai para trás, descendo três degraus da escada rolando e deixando a faca cair.

Carol pega a garota pelo braço e leva para baixo, joga ela no meio da rua, na frente do vermelho 18 que voltava de dentro da farmácia com os fuzis.

Vermelho 18: - Que porra é essa?

Carol: - também quero saber, que que foi garota, por que tentou me matar?

Garota chorando: - eu vi você matando meu pai!

Carol: - Seu pai era um desses caras aqui?

A garota soluçando aponta para o corpo do saqueador que caiu de cima do prédio.

Vermelho 18: - Quer que eu amarre ela para a gente levar para a comunidade?

Carol: - ela é muito nova para ir para detenção…

Vermelho 18: - vai fazer o quê, cuidar dela?

A garota chorando no chão começa a gritar.

Garota: - EU VOU TE MATAR 42, EU VOU TE MATAR SUA DESGRAÇADA!

Carol pensa: "se eu levar essa garota pra comunidade, ela vai crescer com esse ódio, vai passar anos e anos planejando alguma forma pra me matar, ou não, pode ser que ela entenda o que aconteceu, o tempo faça a raiva diminuir, e ela possa me perdoar um dia…

Ela tem a idade do Cristian, eles poderiam ser amigos em circunstâncias diferentes... Mas se eu levar ela pra a comunidade e ela fizer mal pra ele, eu nunca vou me perdoar!".

Carol aponta o revólver para a cabeça da garota e dispara de forma fria.

A máscara cobre seu rosto, mas sua expressão é de desprezo pela própria atitude.

Vermelho 18: - QUE PORRA FOI ESSA?

Carol com raiva: - olha o jeito que você fala comigo 18, eu ainda sou sua superior!

Vermelho 18: - perdão 42, eu não quis falar assim, mas é que…

Carol: - eu sei o que você pensou e o que você sentiu, eu não gostei de fazer isso!

Carol: - mas eu não podia levá-la pra a comunidade e arriscar a segurança do meu filho!

Vermelho 18: - acho que se fosse eu faria a mesma coisa…

Carol: - agora vou subir e procurar o 21!

Carol sobe agora com mais cuidado e atenção, para não ter mais surpresas, chegando ao topo do prédio ela olha ao redor e vê ao horizonte, a carroça preta com o cavalo amarelado e o vermelho 21 tentando guiá-lo.

Carol: - ACHEI, ELE TA NO FINAL DO TERMINAL RODOVIÁRIO!

Então quando Carol começa a ir em direção à escada do prédio, ela ouve o bater das asas dos pássaros, então vê centenas de pássaros voando, logo alguns segundos depois ela vê descer do céu aquela mesma massa cinza, e simultaneamente sobe pelas suas costas um arrepio.

Carol pensa: "é o RUC!".

Ela desce as escadas correndo e sai do prédio.

Carol: - corre 18, o RUC tá lá, ele vai pegar o 21!

Vermelho 18 pensa: " é o que?

Corre PRA ele?

Não é melhor correr PRA LONGE dele?"

Então o vermelho 18 começa a correr, abandonando as latas de comida e as armas dos saqueadores para trás.

Enquanto eles correm eles veem o RUC lentamente se levantando, enchendo o peito e esticando as asas.

Então ele desfere um golpe, como um tapa com as costas da mão, no cavalo Leviathan tirando ele do seu caminho.

O cavalo é arremessado e rola no chão, enquanto o RUC sem dificuldade abre a carroceria do carro como se fosse uma criança abrindo uma caixa de presente.

Depois ele pega o Vermelho 21 pelo braço e o levanta, entortando a cabeça para a direita.

O Vermelho 21 gritava desesperado, então na mão do RUC ele vê Carol chegando perto.

Vermelho 21: - ME AJUDA, pelo amor de Deus, atira, ATIRA RÁPIDO!

O RUC vira a cabeça para cima, como se ele se preparasse para subir, começa a flexionar as pernas, então Carol parou de correr, apontou o revólver, e atirou no meio da testa do vermelho 21.

O RUC olhou para o homem morto em sua mão, daí ele virou o rosto com os olhos brilhantes diretamente voltados para

Carol, e como se demonstrasse sua desaprovação, ele se curvou serrando os punhos em posição de ataque, então emitiu um som ensurdecedor, que soou como um rugido, em seguida ele virou sua cabeça para cima de novo, soltou o vermelho 21 no chão e subiu de volta para o céu.

Carol pensou: "DEU CERTO! deu certo, a gente sobreviveu!".

Vermelho 18: - você é louca!

Vermelho 18: - de fato, você é maluca, perdida das ideias!

Vermelho 18: - por que você atirou nele, doida?

Então Carol enfiou a mão por dentro do seu colete e tirou um colar com um frasco pequeno de vidro contendo sangue de PP.

Carol: - a gente não tinha certeza se o sangue do Felipe tinha me salvado na época que cheguei à Comogs, porque depois que o Cristian nasceu a gente descobriu que ele era PP, e como tava dentro de mim me manteve a salvo!

Vermelho 18: - eu lembro, vi no seu relatório!

Carol: - a gente nunca mais ia ver o Vermelho 21 mesmo, ele já estava morto assim que o RUC desceu dos céus, só o que eu fiz foi ter a maior descoberta sobre o RUC desde que as bombas caíram!

Carol: - não vamos mais precisar de um PP toda vez que formos patrulhar, só vamos precisar de um frasco com 10 ml de sangue!

Vermelho 18: - Mas e se não desse certo, ele ia matar a gente?

Carol: - eu tava mais perto, se ele fosse matar alguém, seria eu!